Cvertze di Manie

Winterfinsterreigen
Die Nicolas-Solohnja Chroniken

von Gristher Grimwalde

© 2020 Grimwalde, Gristher
Herstellung und Verlag: BoD – Books on Demand,
Norderstedt
ISBN: 9783752669725

Auch wenn sich die Erzählungen an historischen oder weltlichen Angaben orientieren, sind alle Geschichten, Charaktere und Handlungen frei erfunden.
Etwaige Ähnlichkeiten mit tatsächlichen Begebenheiten oder lebenden oder verstorbenen Personen wären rein zufällig.

Sie dienen nur der Unterhaltung.

Über den Autor

Oh, Hallo! Da seid ihr ja. Keine Sorge wegen meines Aussehens. Es ist angeboren. Hier soll ich ein paar Sätze über mich schreiben, haben sie gesagt. In der dritten Person, haben sie gesagt. Ich habe aber nur zwei Persönlichkeiten. Wie soll das funktionieren?

Alles begann zu einer Zeit, in der das Leben noch so schön und idyllisch wirkte. Ende der 90er. Ich war gerade in der zweiten Klasse, da fing ich an, all die Helden, Monster und ihre Erlebnisse niederzuschreiben, die meinen Geist heimsuchten. Ich erschuf Welten, die ich in meiner Phantasie immer wieder bereisen konnte. Über die Zeit wurden viele Charaktere zu Freunden. Ich schrieb ihre Geschichten und zusammen erlebten wir Abenteuer. So eigenartig es klingt, all diese Figuren, ob sie gut oder böse, schön oder hässlich sind, wurden zu einer Art Familie für mich.

So wie auch die Charaktere dieses Buches. Ich kenne sie schon seit dem Jahr 2015 und sie begleiteten mich durch sehr dunkle Tage.

Daher kann ich es kaum erwarten, sie euch vorzustellen.

Ich wünsche euch viel Spaß beim Lesen und ich danke euch für die Unterstützung.

Ich weiß, dass man die Autorenbiografie in der dritten Person schreiben sollte, aber ich würde mir komisch dabei vorkommen. Als wäre ich ein Hemd-und-Krawatten-Autor.

Ich bin nur ein Schriftsteller, der seine Geschichten mit euch teilt.

»Durch diesen Wald kamen sie. Sie kamen alle da her. Sie müssen wissen, wir sind ein kleines Volk. Viele von uns sind Bauern. Wir waren nie feindselig. Wir haben überdauert und waren immer unter uns, doch dann kamen sie. Nach dem Fund von Nicolas-Solohnja, dem Orden dieses Bastards, kamen sie hierher.

Siebzehn von ihnen. Sie vergifteten unser schönes Dorf mit ihrer bloßen Anwesenheit, mit ihren Ritualen. Siebzig Jahre gab es hier keinen Pfarrer!
Und es folgten mehr von ihrer Sorte! Die Kinder hatten Angst, die Frauen hatten Angst. Schwarz wie der Tod gekleidet liefen sie durch unseren Wald, durch unser Dorf. Man sah nicht einmal ihre Gesichter.
Dann verschwanden sie. Einer nach dem anderen. Keiner weiß bis heute wohin. Den Wald, aus dem sie kamen, meiden wir!«

Inhalt

Die Schwärze der Finsternis

Es war ein verregneter Abend. Die Sonne war gerade untergegangen und die Schatten der Nacht nahmen langsam die gesamte Stadt ein.

In einem dunklen Pflegeheimzimmer kamen zwei Männer an. Sie schrieben für die örtliche Zeitung. Sie wollten eine Sonderausgabe mit dem Thema *paranormale Fälle* herausbringen. Dafür hatten sie sich einen besonderen Fall herausgesucht.

Iwan war schon seit Jahren in dieser Einrichtung. Seine Freunde und er wurden Zeugen einer Dunkelheit, die es so zuvor noch nie gegeben hatte.

Die zwei Reporter setzten sich auf die Stühle. Vor ihnen befand sich Iwan in seinem Bett. Er blickte mit einem ermüdeten Blick zu ihnen hinüber.

»Iwan, wir danken Ihnen herzlich, dass Sie uns heute noch empfangen! Wie wir ja schon besprochen hatten, würden wir gerne

*einen Artikel über Sie schreiben! Es geht um
Ihre Erlebnisse in diesem Wald in der Mitte der
80er-Jahre! Der Fall bleibt bis heute ein
paranormales Rätsel! Am einfachsten wäre es,
wenn Sie frei erzählen würden! Ich schalte hier
mein Diktiergerät ein! Ganz ruhig und
entspannt!«*

»Wissen Sie, was Angst ist? Nun ja, ich
wusste es nicht. Natürlich, wir wuchsen mit
den Weltkriegen auf. Wir hatten Angst, keine
Frage. Aber nicht diese Art von Angst. Diese Art
war mir bislang völlig fremd. Dieses Gefühl,
wenn man in einem dunklen Raum im Leeren
steht und nicht genau weiß, was sich um einen
herum gerade abspielt. Etwas könnte dich in
jedem Moment holen. Es würde dich
umklammern und du könntest dich nicht mehr
davon befreien. Das wäre dann das Ende.
Es hätte auch das Ende sein sollen. So hätte es
nicht weitergehen dürfen. Ich weiß bis heute
nicht, wieso gerade ich überlebt habe. Das
Weiterleben ist Fluch und Segen zugleich. Alles
hatte sich in einem Moment geändert. Einfach
alles. Die Welt war nicht mehr dieselbe. Jeder
Schatten erzählt nun eine Tragik und jedes
Lächeln fordert Tribut. Blickt man erst einmal
in den tiefen Abgrund, so gibt es kein
Entrinnen mehr. Man kann die Augen nicht

mehr verschließen. Eine unangenehme Wahrheit, die einen immer und immer wieder einholt. Die Existenz von dessen, was ich kennenlernen musste, belastet sehr. Denn, es war das Leben nach dem Tod, das ich so vor mir sah. Das würde uns alle erwarten. Dahinter verbarg sich kein Licht, keine Engel mit Flügeln. Wenn sie sich also ein Leben lang gefragt haben, wie das Leben nach dem Tod wohl aussehen möge, so kenne ich die Antwort. Eine Unterwelt erwartet uns. Voller Monster und Schreckgestalten. Es existiert kein Licht am Ende des Tunnels. Da ich das alles weiß, bete ich jeden Tag, dass es Gott geben mag. Der, der uns davor bewahrt. Vor dem schützt, was uns alle noch erwartet.

Vielleicht war das ja sein Grund. Vielleicht hat Nicola es damals schon gewusst und wollte den Spieß umdrehen. Wer weiß. Ich kann es nicht sagen.

Ja, ich habe mich mit der Geschichte vertraut gemacht. Entweder war Nicola seiner Zeit um Längen voraus oder einfach nur eine boshafte Natur. Wie dem auch sei, sein Vermächtnis wollte einfach nicht sterben. Oder vielleicht ist es sogar gestorben und sucht uns jetzt immer und immer wieder heim. Bis zum jüngsten Tag. Ich bezweifle aber, dass Nicola selbst von Nicolas-Solohnja gewusst hat. Er legte allerdings den Grundstein dafür. Eine Finsternis gedeihte aus seinem Erbe. Die Finsternis, die uns noch heute heimsucht. Ich hatte von dem jungen Autor gehört, der dort ganze Tage und Nächte verbracht hatte. Armer Junge ...

Meine Geschichte fängt allerdings nicht so aufregend an, wie seine. Es war ein Mittwoch. Ein kalter Mittwoch im Januar. Ich arbeitete damals für die Stadtverwaltung. Ich war eine Art Inspektor für neue Bauflächen. Ich erstellte Gutachten. Es war dieser eine Mittwoch, als wir den neuen Auftrag hereinbekamen. Es ging um ein Dorf. Scheinbar war es vollständig verlassen. Das war natürlich so etwas wie der Lottogewinn unter den Bauflächen. Oft waren es nur kleine Überbleibsel von Ortschaften oder im besten Fall einzelne, verlassene Häuser, aber ein ganzes Dorf? Das war ein echter Fund. Umschlossen von einem dichten Wald. Es gab sogar Gerüchte, dass dort fast Züge hineingefahren wären. Es waren Bereiche auf der Karte, die eine Legung von Gleisen andeuteten. Die Stadt wollte nicht nur die Fläche des Dorfes nutzen, sondern auch den Ausbau des Schienennetzes vollenden. Sicher, es war ungewöhnlich, dass ein leeres

Dorf noch so spät entdeckt wurde, aber es konnte ja niemand ahnen, dass inmitten dieser Wälder eine kleine Ortschaft schlummerte.

Vladi und Alexander. Das waren meine beiden Partner. Sie kennen sie vielleicht aus den Zeitungen. Der eine war für Skizzierungen und die Datenverarbeitung zuständig. Der andere plante und entwarf die neuen Bauten. Wir sollten zu diesem Dorf hinausfahren und Daten sammeln. Abmessungen, Lagen, Zugänge. Geplant war das ganze Areal platt zu machen, um etwas Neues darauf bauen zu können. Wohnanlagen, Supermärkte und die Erweiterung des Verkehrs- und Schienennetzes. Wir packten unser ganzes Equipment ein und verstauten es in meinem Auto. Damit fuhren wir anschließend an die Landesgrenze. Die älteren Autos waren nicht so bequem wie die heutigen modernen. Man konnte das Benzin förmlich riechen und doch waren es einfachere Zeiten. Nicht so viel Lärm wie heute. Die Welt war da noch am Flüstern. Wir haben die Ruhe genossen. Uns ins Gras gelegt und den Wind gespürt. Die Zeit war einfach stehen geblieben. Heute ist mir die Welt zu laut und zu schnell. Heute sind die Menschen sehr abgelenkt. Sie gehen und laufen nicht mehr. Sie rennen regelrecht. Rennen bis zum Ende ihrer Zeit und haben sie es dann erst einmal erreicht, trachten sie nach jedem Zentimeter. Jeden den sie verpasst haben und jeden, den sie nie erreichen werden. Das traurige Schicksal unser aller Leben.

Nach den bewohnten Ortschaften fuhren wir endlose Kilometer. Wir passierten Felder und Täler, die ihre sommerliche Hülle verloren hatten. Je weiter wir fuhren, desto ungepflegter wurde die Natur. So rein und so unberührt. Es war herrlich. Entlang der Szene wucherten Sträucher, die schon fast vorsätzlich die Grenze markierten.
Irgendwann nahmen wir eine Seitenstraße und fuhren noch weiter hinaus, bis wir ihn dann erblickten. Den finsteren Wald, der uns noch so lange verfolgen sollte. Wie in Reih und Glied aufgestellt, erstreckte er sich über eine sehr breite Fläche. Man konnte nicht abschätzen, wo er anfing und wo er endete. Eine dunkelgrüne Mauer, die uns willkommen hieß.
Ich parkte mein Auto direkt gegenüber auf dem Feldweg. Ich wäre gerne bis zu dem Dorf gefahren, aber der Wanderpfad war sehr schmal und sehr dicht bewachsen. Noch dazu konnte niemand wissen, wie der Weg innen weiter verlaufen würde. Am Ende wären wir irgendwo stecken geblieben oder hätten das

Auto geschrottet. Wir packten alles in unsere Rucksäcke und liefen in den Wald hinein.

An vielen Stellen ragten Äste und Baumstämme hervor. Genau so stellte man sich immer die düsteren Wälder aus den Märchengeschichten vor. Ich nahm Bilder wahr, die so befremdlich waren und doch eine große Faszination weckten. Dass er so wenig Platz zum Laufen bot, war beängstigend. Die Natur hatte sich viele Teile des menschengemachten Pfades wieder zurückgeholt. Abseits davon gab es keinen Weg mehr. Es wirkte so, als hätte der Wald, die restliche Welt einfach ausgeklammert. Wir und alle nach uns hätten ihn niemals betreten dürfen.«

»Wie lange dauerte der Fußmarsch? Hatten Sie etwas dabei, wie Proviant und dergleichen?«

» ... Ja, wir hatten unsere Schlafsäcke mit dabei und natürlich etwas zu essen. Wir mussten viele Tausende Meter durch den Wald laufen und wussten, dass es wahrscheinlich ein paar Tage dauern würde. Allein der Hinweg sollte einen ganzen Tag dauern, aber wir bekamen ja die Stunden bezahlt.«

»Verzeihen Sie die Unterbrechung! Wir

müssen das Ganze nur vollständig
dokumentieren!«

» … Selbstverständlich. Wo war ich
gerade? Ah … Also wir liefen tiefer und tiefer in
diesen Wald. Und je weiter wir kamen, desto
düsterer wurde er. Nicht nur die Umgebung,
sondern auch unser Befinden. Etwas trübte
unser Gemüt. Das, was ich dort empfand, spüre
ich teilweise noch heute. Es wurde ein Teil von
mir und im Austausch wurde ich ein Teil von
ihm. Ich bin mit diesem Wald verbunden. Mit
diesen Bäumen und ihrer kranken Rinde. Es
waren Leichen. Der ganze Wald lebte nicht
mehr, aber es wirkte so, als würde er es tun. Die
Blätter hingen wie Fehlgeburten Gottes in die
Dunkelheit hinein.
Ich wünschte, ich hätte ein Bild von diesem
Wald gemacht, so hätten sie verstanden, wovon
ich rede. Ich bin mir sicher, selbst jetzt, nach
über 40 Jahren, würde er noch finster
schimmern.
Ich hörte, dass der letzte Bürgermeister alle
Eingänge in den Wald verschließen ließ. Ein
guter Mann. Ein guter Mann …

Wir drei liefen sehr schnell und legten
innerhalb weniger Stunden einen weiten Weg
zurück. Etwa auf halbem Weg legten wir eine

kleine Pause ein. Da gab es nicht wirklich viel.
Ein Pfad war nicht mehr wirklich vorhanden.
Alles war dicht zugewachsen. Wir mussten uns
immer wieder anstrengen, die Orientierung
nicht zu verlieren. Dort wo wir rasteten, gab es
ein paar Baumstämme. Meine Kollegen setzten
sich auf diese und tranken erst einmal etwas.
Ich hingegen blieb stehen. Nicht, weil ich es
nicht nötig gehabt hätte, aber mich überkam
das erste Mal dieser Schauer. Etwas hatte meine
Aufmerksamkeit auf sich gezogen. Vielleicht
hatte ich auch seine auf mich gezogen. Das
bleibt Auslegungssache. Jedenfalls wurden wir
beobachtet.
Das Ganze ging über ein bloßes Gefühl hinaus.
Etwas starrte mich direkt an. Ich fühlte, wie
mich Blicke durchbohrten. Ich flüsterte es den
beiden ganz leise zu, während sich ein
Rascheln auf uns zu bewegte. Tausend
Gedanken schossen mir durch den Kopf. Ich
versuchte, mir klar zu machen, dass es ein
öffentlicher Wald gewesen war und es alles
Mögliche hätte sein können. Selbst wenn ich
bezweifelte, dass sich jemals eine
Menschenseele in dieses düstere Gestrüpp
verirren würde.
Keiner von uns konnte zu diesen Zeitpunkt
ahnen, wie sehr alles am Ende eskalieren
würde.

Ich weiß bis heute nicht wer oder was der Stadt diesen Tipp gab. Wie sich später herausstellte, war die Erkundung nicht einmal abgesegnet. Eines Tages tauchte scheinbar dieser Auftrag in der Stadtverwaltung auf und sie leiteten es direkt an uns weiter. Keiner wusste irgendetwas davon.

Wir drei packten unsere Sachen wieder zusammen und gingen weiter. Doch dieses Etwas folgte uns unermüdlich. Der einzige halbwegs normale Pfad war der, auf dem wir liefen. Also musste, was immer es auch war, durch das Gestrüpp von Ästen und Bäumen hindurch und das in einem sehr schnellen Tempo. Anfangs war es noch hinnehmbar, aber als die letzten Sonnenstrahlen hinter den Baumkronen am Horizont verschwanden, wurde es schlimmer. Je dunkler es wurde, desto näher kam es an uns heran und durch die anbrechende Dunkelheit war es immer mehr und mehr vor unseren Blicken geschützt. Mit jeder Minute wurde es gefährlicher. Umkehren war aber keine Option mehr. Wir waren schon näher an dem Dorf als am Waldausgang. Wir nahmen unsere Taschenlampen und beleuchteten uns den restlichen Weg. Es war unheimlich, keine Frage. Alles außerhalb des Lichtstrahls war in absoluter Finsternis versunken. Aber was uns auch immer folgte, wusste sowieso, wo wir waren.

Trotzdem legten wir einen Zahn zu. Der Wald barg so viel Düsterkeit und Grauen in sich, dass es fast schon an unseren Seelen zehrte. Es fühlte sich ein bisschen so an, als ob Tausende dunkle Wesen aus der Unterwelt emporgestiegen waren und auf uns zukamen. Mit schnellen und achtsamen Schritten liefen wir immer weiter ins Ungewisse hinein. Meine Angst erreichte irgendwann einen Punkt, in der es zu einer Trance führte. Ich nahm den Schrecken um mich herum zwar wahr, aber aus einer anderen Perspektive. Ich war nicht mehr der Charakter, sondern der Spieler hinter dem Monitor. So fühlte es sich an. Ein Schleier, der mich vollständig eingehüllt hatte und mich vermutlich in das düsterste Land geleitete, dass ich jemals erblicken sollte.

Im Glanz des Sternenlichts kamen wir irgendwann auf einen breiten Weg. Etwas, das vielleicht mal eine Straße hätte werden können. Er war grob sandig. Am Ende dieses Weges gab es einen Hang hinunter. Da war es. Das verdammte Dorf. Die gesamte Ortschaft befand sich in einer Schlucht, oder so etwas in der Art. Ich sehe es heute noch vor mir. Eine Geisterstadt. Die Zeit schien stehen geblieben zu sein. Viele Häuser waren zwar beschädigt, wirkten aber noch relativ stabil. Eine alte Magie weilte an diesem Ort. Natürlich reichten unsere drei Taschenlampen nicht aus, um das ganze Dorf zu beleuchten, aber soweit man sehen konnte, war es atemberaubend. Auf eine sehr unheimliche und erschreckende Art.

Da wir extrem ermüdet waren, beschlossen wir uns zur Ruhe zu betten und die Aufzeichnungen auf den morgigen Tag zu verschieben. Da wir der Umgebung nicht wirklich vertrauten, gingen wir in das einzige Gebäude, das wir gut einschätzen konnten. Die Kirche. *Wir sind Katholiken. Im Hause Gottes sind wir sicher*, dachten wir uns.

Die Kirchtür hing schräg durch. Also quetschten wir uns durch die Öffnung an der Seite hinein und machten es uns im großen Saal bequem. Gut, es war vielleicht nicht sonderlich christlich, aber Gott würde uns das in Anbetracht der Lage hoffentlich verzeihen. Die Sitzbänke und der Altar waren zwar verstaubt, aber noch unbeschadet. Die Fenster hatten alle keine Scheiben mehr. Der Boden und die Wände waren aus dunklem Holz gefertigt. Hinten gab es ein Zimmer mit einer angelehnten Tür. Das war das Arbeitszimmer von Dargell. Das wusste ich damals jedoch nicht.

Wir legten uns in unsere Schlafsäcke und

schliefen binnen weniger als einer halben Stunde ein. Es war ein verflucht langer Tag gewesen.

Gegen die frühen Morgenstunden wachte ich dann plötzlich auf. Das weiß ich noch genau. Meine Augen hatten sich schon an die Dunkelheit gewöhnt. Ich blickte panisch um mich. Die beiden anderen schliefen tief und fest. Als ich mich wieder hinlegen wollte, wanderte mein Blick durch den Saal und ich spähte kurz durch den Spalt an der Tür hinaus in das Dorf. Da sah ich es das erste Mal. Ich konnte es zwar nicht ganz erkennen, aber ich wusste, dass es aus dem Wald kam. Es war das Etwas, das uns verfolgt hatte. Es wandelte durch das Dorf. Ich hörte dumpfe Laute aus der Ferne. Ich redete mir zwar ein, dass ich nur schlaftrunken sei, doch tief in mir drin, wusste ich, dass es echt war. Eine unangenehme Tatsache, vor der man nicht wieder die Augen verschließen konnte. Es ist völlig egal, ob sie an Gott glauben. Die Hölle ist real. Die Pforten waren geöffnet.

Am nächsten Morgen wachten wir relativ früh wieder auf. Die Bedrückung hatte allerdings nicht nachgelassen. Alexander sah mich verängstigt an. Vladi ging skeptisch zur Kirchentür und sah hinaus. Dicke

Schneeflocken fielen sanft hinunter und bedeckten sämtliche Oberflächen. Der Schnee war aber nicht weiß. Er war grau. Man hätte meinen können, es wäre Asche gewesen. Durch die Luft hat man es geschmeckt. Diesen Geschmack habe ich noch heute im Mund. Zusammen mit dem schwärzlichen Himmel war es ein beängstigendes Gefühl. Ich hielt beide an, die Messungen hinter uns zu bringen und dann so schnell wie möglich von dort zu verschwinden.

Als wir mit unseren Geräten durch das Dorf gingen, nahmen wir die Besonderheit dieses Dorfes wahr. Die Häuser und Bauwerke waren aus einer anderen Zeit. Einer Zeit, fern von allem Menschlichen. Die Unterwelt selbst hatte dieses Dorf errichtet. Dass es keinen Namen trug, in keinem Verzeichnis, bestätigt diese Behauptung. Zumindest für mich. Ich glaube daran.

Im Laufe der Jahre habe ich herausgefunden, dass viele Ältere, die vor meiner Zeit gelebt haben, dieses Dorf schon einmal besucht hatten. Sie nannten es »Slohna«. Eine alte Sprache. Es heißt frei übersetzt so etwas wie »Gefolgte«. Demnach heißt auch »Nicolas-Solohnja« in etwa »Gefolge des Nicola«

In keiner Historie, keines Landes, wird Fürst Nicola genannt. Ein Mann, der Europa in

Dunkelheit tränkte, verschwand einfach so aus den Geschichtsbüchern. Die Legende lebt nur noch in den Erzählungen weiter, die sich ein paar Familien von Generation zu Generation weitergaben. Selbst das große Buch von ihm wurde nie gefunden. Das Buch, mit dem die Gefolgschaft die Dunkelheit in unsere Welt holte. Und sie wandeln immer noch unter uns. Jetzt, in diesem Augenblick.«

»Können Sie das etwas genauer ausführen? Unsere Recherche über die Geschichte des Düsterfürsten war nicht wirklich zufriedenstellend!«

» ... In Verzeichnissen und Registern werden sie auch nichts finden. Die Bewohner von Slohna waren gründlich. Sie verbrannten die letzten schriftlichen Aufzeichnungen. Als dann der letzte Pfarrer das Dorf verließ, ereilte sie eine schlimme Seuche. Das Gotteshaus bot ihnen keinen Schutz, denn es gab niemanden mehr, der es führte. Sie starben alle binnen weniger Wochen.
Laut den Erzählungen sei es ab diesem Tag unbewohnt gewesen. Das sollte vor etwa 500 Jahren gewesen sein und doch gibt es Erzählungen, die noch weiter zurückreichen. Es ist nicht ganz klar, wann Nicola gelebt haben

soll. Es wird behauptet, er hätte an der Seite von Vlad Tepes gekämpft, doch es fehlen die Belege.

Einige von den Ältesten behaupteten, er gehöre zu den ersten Fürsten in Europa. Das würde in etwa 1000 Jahre zurückliegen, schätze ich, und doch haben die Großeltern, des ein oder anderen, ihn zu seiner Regentschaft noch gekannt. Eine eigenartige Sache.

Wir standen also in diesem Dorf. Es war Tag und doch so düster. Die alten Bauten erzählten eine Geschichte in einer fremden Sprache. Die Häuser schienen trotz des Verfalls wunderschön.

Während Vladi und Alexander dabei waren, die Flächen abzumessen und ihre Skizzen anzufertigen, lief ich die Gegend ab. Dort gab es sogar verlassene Märkte, verlassene Gutshäuser aber keinen Vandalismus. Keine Graffiti, die dieses Bild störten. Der einzige Störfaktor war ein einzelnes Haus am Ende des Dorfes. Meine Neugierde trieb mich voran. Es war das einzige Haus in diesem Dorf, das mal einen Gartenzaun gehabt hatte. Es war farblos und trist. Als ich der Haustüre näher kam, wurde es dann etwas merkwürdig. Man hätte meinen können, dass darin noch jemand leben würde. Der Steinweg zur Tür war im Vergleich zu den Straßen relativ sauber. Während ich in meinen Gedanken vertieft, darüber rätselte, kam ich der Tür verdammt nah. Sie war sehr massiv. Das darin verbaute Schloss wirkte robuster, als es bei den anderen Häusern der Fall gewesen war. Während ich sie zu öffnen versuchte, bemerkte ich etwas, dass den ganzen Verlauf der Geschichte verändern sollte. Obwohl die Tür sehr verstaubt und verschmutzt war, befand sich nichts davon auf dem Türknauf.

Rückblickend betrachtet, wäre es besser gewesen, wenn wir die Messungen abgeschlossen und uns anschließend auf den Rückweg gemacht hätten. Die Stadt wäre mit dreißig Baggern angerückt, hätte das Dorf in Schutt und Asche gelegt und so vielen Menschen wäre so viel Leid erspart geblieben. Doch wir Menschen sind einfältig. Eine Eigenschaft, die wir leider erst viel zu spät ablegen.

Als ich später auf die anderen traf, erzählte ich ihnen von diesem Haus. Obwohl wir mit unseren Aufzeichnungen fast fertig waren, gingen wir zu diesem Haus zurück. Zu unserer Überraschung ließ sich der Türknauf problemlos drehen und die Tür stand offen. Für einen kurzen Augenblick stockte uns allen der Atem. Die alten Holzdielen sowie die

Einrichtung selbst schienen fast unberührt. Es war ein merkwürdiges Gefühl, das gebe ich zu. Wir gingen hinein und standen vor der Treppe, die ins obere Stockwerk führte. Stufe für Stufe wurde es dunkler und unheimlicher. Das obere Stockwerk, das zu einem Beigebäude gehörte, schien in absoluter Dunkelheit zu weilen. Als hätte es nie Fenster gegeben. Die letzten Stufen konnten wir von unten aus nicht einmal mehr sehen. Selbst unsere Taschenlampen reichten nicht aus. Sie bekam von mir den Spitznamen, *die Treppe in die Finsternis.*

Es war Alexander, der allen Mut zusammen nahm und die Treppe, Stufe für Stufe, hinaufging. Vladi verließ derweil das Haus und stellte sich vor die Haustüre. Er atmete mehrmals tief durch und murmelte Gebete vor sich hin. Als ich mich zu ihm umdrehte und ihn verängstigt vor der Tür sah, bemerkte ich etwas völlig Unmögliches. Es wurde wieder dunkler. Als würde die Sonne bereits untergehen.

»Alexander! Komm!«, rief ich die Treppe hinauf. Dieser war bereits fast im oberen Stockwerk angekommen und fragte; *»Wieso? Was ist los?«*

»Die Sonne! Sie geht unter! Hier geht etwas Seltsames vor!«

Im nächsten Moment hallte ein lautes, bizarres Geräusch aus den Wäldern. Es klang so unnatürlich, dass es schon eine bedrohliche Art an sich hatte. Alexander kam langsam, Schritt für Schritt wieder hinunter, während ich darauf achtete, dass ihn nichts von oben angriff.

Und plötzlich wurde es still. Die Angst hatte sich Alexander mittlerweile ins Gesicht gezeichnet und mir war auch nicht wohl. Plötzlich gab es einen lauten Knall. Das gesamte Haus sprang einmal auf und wieder ab. Alex und ich fielen zu Boden. Ich stieß mit meiner Schulter gegen eines der Holzbalken im Eingangsbereich. Für eine Sekunde kam mir alles so surreal vor. Es war wie ein verschwommener Traum gewesen.

Ich suchte nach Alex und war gerade dabei ihn wieder aufzurichten, da ging ein Schrei durch das gesamte Haus. Ein Schrei, der so verfremdet und furchteinflößend klang, wie ich ihn noch nie zuvor gehört hatte.

Alexander und ich rannten aus dem Anwesen zurück zur Kirche. Vladi konnten wir derweil nicht mehr erblicken. Ich sah aus dem Augenwinkel nur noch, wie sich die Tür des Hauses von alleine wieder schloss. Wir vermuteten, dass Vladi zurück zur Kirche sei, um unser Zeug zu packen, aber selbst da trafen wir ihn nicht mehr an.

»Los! Sein Zeug auch! Wir nehmen alles mit!«, rief ich Alexander panisch zu.

Außen an der Kirche blickte ich durch das Dorf. Alexander kam mit unserem Gepäck dazu. *»Siehst du ihn?«,* wollte er wissen. Ich verneinte.

Als Alexander laut rufen wollte, stoppte ich ihn abrupt.

»Was soll das?«, fragte er skeptisch.

»Wir wissen nicht, wer sonst noch hier ist! Es ist besser, so wenig Aufmerksamkeit wie möglich auf uns zu ziehen!«, entgegnete ich.

Plötzlich läuteten die Kirchturmglocken über uns auf eine wuchtige Art und Weise. Die Frage, ob es der Wind gewesen sein könnte, stellte sich ab diesem Augenblick nicht mehr.

Alex war gerade dabei die Kirche wieder zu betreten, da stoppte ich ihn erneut.

»Was zum Teufel ist denn jetzt schon wieder?«, schimpfte er.

»Ich denke nicht, dass es Vladi ist! Das ist er nicht! Sei mal realistisch!«, antwortete ich.

Wir rannten anschließend den Hügel hinauf und hielten immer wieder Ausschau nach Vladi. Je höher wir kamen, desto mehr konnten wir über das Dorf sehen.

In den nächsten Momenten hallten Schreie aus dem Wald. Sie klangen den Schreien aus dem Hause sehr ähnlich, doch diese waren etwas anders. Sie waren tiefer. Mehrere beängstigende Stimmen hallten durch die Ortschaft.

»Iwan! Was jetzt?«, wollte Alex wissen.

Ich grübelte einen Moment. *»Zurück in die Kirche! Schnell!«*, sagte ich darauf.

»Was? Wieso?«, fragte er skeptisch.

»Egal, was da draußen ist! Im Dorf war eins! In der Kirche war eins! Im Wald sind es mehrere! Vielleicht weit mehr, als wir denken können!«, argumentierte ich.

Also rannten wir wieder hinunter in das Dorf. Die Glocken waren derweil verstummt. Bei genauerer Betrachtung bemerkten wir, dass die Kirche gar keine Glocken mehr hatte, aber das war in dem Augenblick nur nebensächlich. Die Schreie umhüllten uns vollständig. Sie wurden lauter und lauter. Sie vermehrten sich über so einen kurzen Zeitraum. Ehe wir die Kirche erreicht hatten, verschmolzen die einzelnen Schreie zu einer Symphonie der Qual. Es pulsierte um das Dorf herum, wie der viel zu laute Bass so mancher Lieder heutzutage. Man merkte es nicht nur in den Ohren, sondern im ganzen Körper.

Dieser Moment war mit keinem Horrorfilm zu vergleichen. Es war echt. Es war wahrhaftig. Wir könnten hier sitzen und uns den gesamten Tag über die verschiedenen Facetten der Dunkelheit unterhalten. Wir könnten über die

Schwärze der Finsternis philosophieren und am Ende wären wir doch so schlau wie vorher. Manche Dinge kann man nicht erklären oder sie in Kategorien unterteilen. Sie passieren - und wenn sie passieren, dann brennt die Luft. Ich meine, wieso wir? Waren wir irgendwelche Auserwählten für eine größere Sache oder waren wir einfach nur drei Menschen, die zur falschen Zeit an einem völlig falschen Ort gewesen waren. Alexander und Vladi hatten Familien. Dafür gibt es keine Erklärung. So etwas kann man nicht mit spirituellen Floskeln schönreden.

In diesem furchterregenden Moment standen wir zusammen vor dem hängenden Kirchtor. Wir drehten uns mehrfach im Kreis und sahen alle möglichen Orte durch. Die Dämmerung machte es zwar schwer, irgendetwas zu erkennen, aber so leicht wollten wir nicht aufgeben. Und auf einmal war es wieder still. Es war so verdammt leise, dass wir uns nur noch gegenseitig atmen hörten. Als hätte jemand den Rest um uns herum einfach auf stumm geschalten.

In dieser anbrechenden Nacht hatte der Ascheregen noch immer nicht nachgelassen. Er bedeckte schon fast das gesamte Dorf. Es sah aus wie eine völlig bizarre Version einer idyllischen Weihnachtslandschaft. Wie das komplette Gegenteil von allem, was schön ist. Die Version, die von der Unterwelt geschaffen war.

Wir nutzten diesen Moment der Stille und sammelten uns etwas. So gern ich auch glauben wollte, dass wir diesen Ort nun einfach hätten verlassen können, ahnte ich irgendwie, dass es nur die Ruhe vor dem Sturm gewesen sein musste. Die Nacht war da und wir beide verloren so langsam die Hoffnung. *Was war schlimmer als der Tod?*, fragte ich mich in diesem Moment. Dann führte ich mir alles vor Augen, was in diesem Dorf so vor sich ging. Ich befürchtete, dass es genau das war, was uns nach dem Tod erwarten würde. Ich dachte mir, *was, wenn es kein Licht am Ende des Tunnels gibt? Wenn die Finsternis echt ist und wir nach dem Tod alle darin versinken.* Dieser Gedanke steigerte meinen Überlebenswillen. Wenn es das wäre, was uns alle nach dem Tod erwartet, so wollte ich so spät wie möglich sterben. Während ich mich so in meinen Gedanken verlor, wurde es draußen ziemlich finster. Als die Nacht ihren Höhepunkt erreicht hatte, hörten wir jemanden rufen. Zunächst war es ganz leise, wurde aber mit der Zeit immer lauter.

»Das ist Vladi!«, sagte Alexander mit aufgerissenen Augen. *»Vielleicht hat er sich*

irgendwo versteckt!«.

Ohne viel Zeit zu verlieren, sprinteten wir mit unserem Gepäck los. Wir rannten ums Eck und folgten Vladis Stimme auf die andere Seite des Dorfes. Je näher wir kamen, desto mehr bemerkte ich, dass die Stimme viel tiefer gewesen war und erschreckender Weiße aus dem Haus kam, das wir zuvor fluchtartig verlassen hatten. Ich befürchtete, dass Alex das Haus auf eigene Faust stürmen wollte.

»Alexander! Halt ein! Ich weiß, ich wünsche mir Vladi auch zurück, aber das ist er nicht!«, rief ich energisch.

Mit den Worten; *»Ich habe diesen verdammten Tag so satt, Iwan! Ich hole jetzt Vladi da raus und dann rennen wir durch den Wald! Wir rennen, ohne anzuhalten!«,* riss sich Alex los, legte die Rucksäcke ab und preschte durch die Tür in das Haus hinein.

Er ging im unteren Stockwerk von Zimmer zu Zimmer und rief dabei immer wieder nach Vladi. Dieser antwortete aber nicht mehr.

Ich war gerade dabei, ihm zu folgen, da sah ich, wie er die Treppe nach oben in die Finsternis rannte. Es war dieser Moment, als auch seine Schrittgeräusche verschwanden.

Am liebsten hätte ich mich in diesem Augenblick unter einem Stein versteckt. Ich rief ihm zwar laut hinterher, aber irgendwie wusste

ich, dass er mich nicht mehr hören würde.
Dann war die Stille zurückgekehrt. Ich sah mich
um und konnte es nicht glauben. Ohne es zu
bemerken, hatte ich das Haus betreten. Ich
befand mich unfreiwillig direkt an der Treppe.
In der Finsternis wirkte das Haus so verdammt
unheimlich. Mein Herz schlug immer schneller
und ich fühlte den Schmerz in meiner Brust.
Ich fühlte es in den Adern an meinem Hals. Ich
ging dann mit langsamen Schritten rückwärts
wieder aus dem Gebäude hinaus. Ich atmete die
frische Luft ein und bemerkte dann erst, das
Gravierendste an meiner Situation. Ich war nun
völlig alleine.

Ein Alptraum, aus dem es kein Entkommen
gab, hatte mich fest in seinem Griff. Kein
Erwachen, kein Licht, keine Hoffnung. Ich
schwenkte meine Taschenlampe um und
machte mich wieder auf den Weg zurück zur
Kirche. Ich wollte diese Nacht irgendwie
überstehen, um dann am Morgen in die
Freiheit zu rennen. Ich hoffte, dass wenigstens
Gott über mich in dieser Kirche wachen würde.
Während ich diese unheimliche Szene alleine
ablief, sah ich plötzlich etwas im Wald. Es
bewegte sich auf das Dorf hinzu. Mein Atem
setzte aus vor Angst. Die Hölle kam nach
Slohna. Ich wusste es nur noch nicht.

Zu meiner Angst kam auch noch die
Verzweiflung hinzu. Kein Ort barg nun mehr
Sicherheit. Zudem konnte ich nicht einmal
einschätzen, ob Vladi und Alex schon verloren
waren oder nicht. Als die Geräusche aus dem
Wald immer lauter wurden und immer näher
kamen, durchlebte ich fast einen innerlichen
Zusammenbruch.
Ich fing an, zwischen den Bäumen Lichter zu
erkennen. Es waren einige. Mit schnellen
Schritten rannte ich zur Kirche. Meine
Taschenlampe hatte ich selbstverständlich
ausgestellt. Mein Herz schlug so schnell, dass
ich das Gefühl hatte, jeden Moment umkippen
zu können. Mein Körper war durch den Hunger
sehr stark geschwächt. Wir hatten seit dem Tag
zuvor nichts mehr gegessen. Bei meiner
Verfassung dachte ich sogar daran, aufzugeben.
Vielleicht wäre es so einfacher gewesen. Mit
letzter Kraft quetschte ich mich an der
Kirchentür vorbei und sackte dahinter
zusammen. Ich lehnte meinen Kopf in die
Öffnung und beobachtete den Ortseingang.
Nach wenigen Momenten, stockte mir der
Atem. Da sah ich sie das erste Mal. Es waren
keine losen Lichter. Es waren Laternen.
Altertümliche Laternen mit Klappen und
Griffen. Getragen wurden sie von Mönchen in

schwarzen Roben. Sie trugen enorme Gewänder mit Kapuzen. Das war ziemlich beängstigend.

Ich glaube, dass es fünfzehn oder so waren. Sie kamen den Hang hinunter und dieser führt direkt vor die Kirche. Ich wusste nicht, was ich machen sollte. Ich hoffte nur, dass sie jetzt nicht gerade zum Beten kamen. Doch irgendwie wusste ich, wo sie hinwollten. Es war dieses verdammte Haus. Das klingt zwar blöd, aber ich hoffte aus tiefstem Herzen, dass Alex und Vladi es entweder aus diesem Haus und in den Wald geschafft hatten oder schon lange tot waren. Ich wusste nicht, was die mit ihnen angestellt hätten.

In einer geschlossenen Formation liefen sie an der Kirche vorbei. Durch die zerschlagenen Kirchenfenster konnte ich das Geschehen weiter beobachten.

Sie betraten nacheinander das Haus und die Tür schloss sich. Im Haus ging aber nie das Licht an. Selbst ihre Laternen leuchteten nicht mehr. Kein einziges Schimmern drang mehr durch die Fenster. Ich überlegte, ob das meine Chance war. *Sollte ich genau jetzt durch den Wald rennen*, fragte ich mich. Je länger ich darüber nachdachte, desto mehr kostbare Zeit verlor ich.

Mit langsamen Schritten ging ich aus der

Kirche und wollte mich den Hang hinauf in den Wald hinein schleichen, da kam mir ein ernster Gedanke. Ich brauchte Beweise für meine Erlebnisse. Kein Anwalt oder Richter hätte mir sonst geglaubt. Man hätte ganz leicht behaupten können, dass ich Alex und Vladi etwas angetan hätte. Die Lage war echt verzwickt. Ich brauchte die Messungen, Skizzen und die Kamera. Diese befanden sich aber leider in dem Rucksack, den Alex im Vorgarten des Hauses abgenommen hatte. Es gab kein Weg drumherum. Ich musste diese Tasche holen und das möglichst schnell. Ich rannte also mit kleinen, schnellen Schritten auf die andere Seite des Dorfes. Mit jeder Sekunde, die ich diesem Haus näher kam, bangte ich mehr und mehr um mein Leben. Der sandartige Boden mit der Schicht Asche darauf dämmte meine Schritte. Das war der einzige Vorteil, den ich hatte.

Am Haus angekommen betrat ich nun den Vorhof der Hölle selbst. Erneut. Ich sah die Tasche neben dem Weg, der zur Eingangstür führte. Mit achtsamen Schritten ging ich näher. In dem Moment, als ich sie aufheben wollte, öffnete sich die Haustür.
Mein Atem blieb kurz stehen. Ich dachte, dass es mein Ende wäre, und erwartete nun auf die Mönche zu treffen. Doch dem war nicht so. Es

kam niemand hinaus. Ich blickte nur in ein verlassenes und unheimliches Gebäude hinein. Ich nahm den Inhalt aus der Tasche und steckte es in meinen Rucksack hinein. Ich legte ihn mir wieder um und ging mit hastigen Schritten wieder zum Hang.

Obwohl sich meine Augen an die Dunkelheit gewöhnt hatten, ging von diesem Ort eine andere Art von Dunkelheit aus. Wie ein Schleier. Die Taschenlampe wollte ich vorerst noch nicht verwenden. Ich wusste nicht, wer mich alles sehen würde. Das Einzige, was ich wollte, war ein normales Leben führen zu können. Ich betete innerlich darum. Es ist skurril, denn es ist nicht selbstverständlich. Nichts im Leben war es mehr ab diesem Zeitpunkt.

Je näher ich dem Wald kam, desto schneller lief ich. Je dunkler es wurde, desto mehr hoffte ich.

Irgendwann sah ich den Waldweg.
Wenn ich die komplette Nacht durchlaufe, bin ich am Morgen wieder am Auto, dachte ich mir. Mein Herz blieb stehen, als jemand aus den Bäumen hervor kam. Ich hatte mich so erschreckt, dass ich kurz zu Boden ging. Es war Alexander. Er sah mich mit einem verstörten Gesichtsausdruck an. Seine Augen blickten an mir vorbei und sein Gesicht war blutig. *»Komm*

Iwan! Wir müssen jetzt los!«, sagte er.
Obwohl mir so viele Gedanken durch den Kopf
schossen, hatte er recht. Wir mussten los, und
das schnell. Ehrlich gesagt, war ich etwas
erleichtert, den Weg nicht alleine zurücklaufen
zu müssen.
Wir sprachen nicht sehr viel. Ich bemerkte,
dass er etwas traumatisiert gewesen war.
Darum vermied ich über das Dorf und das
Erlebte zu sprechen. Er lief die meiste Zeit
hinter mir und sicherte mir meinen Rücken.
Das gab mir wenigstens einen kleinen Hauch
von Sicherheit.
Nach etwa zwei Stunden des Wanderns
schalteten wir unsere Taschenlampen wieder
ein. Da waren wir schon weit genug vom Dorf
entfernt gewesen und das machte sich auch an
der Umwelt bemerkbar. Die Luft war viel klarer
geworden und man konnte besser durchatmen.
Irgendwann dämmerte der Morgen. Das
vergesse ich nie. Die Schwärze hellte auf und
zwischen den toten Ästen der Bäume drang der
blaue Schimmer der Morgendämmerung
durch. Hätte ich in diesem Moment im Lotto
gewonnen, dann hätte ich mich nicht so
darüber gefreut, wie über diesen
Sonnenaufgang. Je heller es wurde, desto
schneller lief ich. Das gab mir einen Pusch.
Alex hingegen bleib ziemlich weit zurück.

Eigentlich hätte ich warten müssen, aber ab einem bestimmten Punkt kämpfte jeder für sich alleine und ich wollte einfach nur da raus. Also lief ich immer schneller. Irgendwann warf ich die Taschenlampe aus der Hand und rannte.

Nach guten zehn Minuten sah ich dann den Ausgang. Da war er endlich. Nach all der Zeit. Ich hatte es geschafft. Mich trennten vielleicht noch fünfzig Meter davon. Ich sah Teile des Feldweges in der Morgendämmerung. Der Wald hingegen behielt weiterhin seinen düsteren Kontrast. Ich wartete dort auf Alexander. Irgendwann nach 5 Minuten kam er aus der Dunkelheit. Er lief ziemlich seltsam. Seine Arme schlugen wie wild umher und er schien zu humpeln. Je näher er kam, desto mehr packte mich erneut die Angst. »Iwan!«, rief er mit einer extrem belegten Stimme. Zuerst dachte ich, dass er sich möglicherweise verletzt hatte, aber ich merkte nach und nach, dass es gar nicht Alexander war. Ein Schatten bedeckte noch immer seinen Kopf. Also wandte ich mich wieder zum Ausgang und rannte diese fünfzig Meter. Ich gab meine letzte Kraft und egal, wie schnell ich war, dieses Wesen war schneller. Ich hörte die schnellen Schrittgeräusche hinter mir. Für jeden Schritt, den ich tat, kam es zwei näher. Mein Adrenalin hätte mich fast getötet.

Dann lief ich endlich mit letzter Kraft aus diesem verdammten Wald hinaus und konnte im Hintergrund hören, wie das Wesen abrupt stoppte. Als ich mich umgedreht hatte, war es im Wald verschwunden. Ich schnaufte erleichtert vor mich hin und ging dann zum Auto.«

»Wie ging es danach weiter für Sie?«

» … Nachdem das Ganze geklärt war, ging ich wieder zur Arbeit und lebte mein Leben weiter. Meine Frau und ich zogen ein paar Jahre darauf in unser eigenes Haus.«

»Wie erklärte man sich das Verschwinden Ihrer Kollegen? Hatte es Folgen für Sie?«

» … Ehrlich gesagt, glaube ich schon. Aber davon bekam ich nicht wirklich viel mit. Ich war selbst auch nur ein Opfer in dieser Sache gewesen.«

»Sie wurden nie befragte oder zur Rechenschaft gezogen?«

» … Rechenschaft wofür? Langsam kommt mir diese Befragung etwas suspekt vor. Sie durften mich in meinem Altenheim besuchen. Sie dürfen diesen Artikel schreiben. Werden sie jetzt nur nicht vermessen!«

»Wieso wohnen Sie in einem Altenheim, wenn Sie ein Haus haben? Das ergibt doch keinen Sinn! Sie sind körperlich noch sehr agil! Wieso wohnen Sie nicht in ihrem Haus?«

» ... Irgendwann war es vorbei mit dem Haus. Ich weiß nicht mehr wieso. Irgendwann konnten wir nicht mehr dort wohnen.«

»Wo ist Ihre Frau geblieben? Ist sie schon verstorben?«

» ... Das sind Fragen, auf die ich keine Antwort finden kann. Es tut mir sehr leid. Mein Alter macht mir sehr zu schaffen. Ich weiß es nicht. Alles verschwimmt. Ich fühle mich schwächer. Mir geht es gerade gar nicht gut. Bitte holen sie eine Pflegerin!«

»Iwan! Kommt es Ihnen nicht seltsam vor, dass Sie nach diesen ganzen Erlebnissen, in dem offenbar zwei Menschen ermordet worden sind, nie mit der Polizei zu tun hatten? Dann kam die Beförderung, das Haus!«

» … Was wollen Sie mir mit all dem sagen, ich verstehe es nicht? Bitte, mir geht es gar nicht gut. Holen sie eine Pflegerin!«

»Ich möchte damit sagen, dass du diesen Wald nie verlassen hast, Iwan! Alles, was nach dem Wald passierte, was jetzt noch passiert, findet nur in deinem Kopf statt! Deswegen verschwimmen auch oft Dinge! Es ist ein Traum! Es sind mehr oder weniger aneinandergereihte Träume, die ein vollständiges Leben abdecken sollen!
In eurer ersten Nacht in der Kirche, als du aufgewacht bist, da holten sie deine beiden Freunde! Sie waren am nächsten Morgen nicht mehr da! Du hast alleine das Dorf erkundet und ihre Arbeit zusätzlich gemacht! Deswegen hat es auch den gesamten Tag gedauert. Es wurde schon mittags dunkel, weil es nicht mehr mittags war. Es war schon abends. Es kam dir nur so kurz vor. Du bist alleine durch das Dorf gegangen und auch alleine in das Haus.
Dann, nach der Ankunft unserer Freunde, hast du gebetet. Du wolltest ein normales Leben führen. Also ließ Nicola dich im Geiste zurückkehren. Aber nur im Geiste. Dein Körper befindet sich mit allen anderen im Keller des Hauses der unglücklichen Kinder. Wenn du

jetzt gleich stirbst, wirst du zurückkehren und
ewig an Slohna gebunden sein.«

Die beiden Reporter verschwanden mit einem
Wimpernschlag und das dunkle
Pflegeheimzimmer färbte sich vollständig
schwarz. Durch die Tür traten die Mönche, in
ihren schwarzen Roben, herein und
versammelten sich um das Bett von Iwan,
während dieser, seine letzten Atemzüge gab.

Nicholas-Solohnja

Es war eine stürmische Nacht. Ein
verlassener alter Bahnhof stand inmitten einer
Lichtung. Drumherum weilte eine behagliche
Finsternis. Mit lautem Zischen und Klopfen
fuhr eine Lokomotive ein. David kam gerade
mit dem letzten Zug des Tages an.
Es war ein sehr altes Gleis und es schien keine
modernen Ticketschalter zu geben. Eine
düstere und verfallene Fassade zierte das noch
stehende Komplex, umgeben von dichten,
großen Bäumen. Scheinbar fuhren lediglich
zwei Züge pro Tag. Ansonsten stand er leer. Die
Wände und Bänke wirkten seit Jahrzehnten
unberührt. Ein Hauch von Nostalgie hatte sich
in dieser Szene festgesetzt.

David war ein mehr oder weniger
erfolgloser Buchautor und wollte nun für sein
neustes Werk, *Der Orden des Nicola*, etwas
recherchieren. Dadurch versprach er sich
endlich die Aufmerksamkeit der großen Verlage
auf sich zu ziehen, die ihn immer wieder
ignoriert und abgewiesen hatten. Als Autor

hatte man es nicht wirklich einfach. Ständig gab es schnellere und bessere Autoren. Ein Überangebot machte es sehr schwer.

Aber über Nicola gab es noch keine Sachbücher. Kaum zu glauben, dass eine kleine Provinz an der russischen Grenze der Mittelpunkt der wohl düstersten Legende Europas geworden war, und niemand wusste davon. Das wollte David ändern.

Viel war darüber im Internet auch nicht bekannt gewesen. In einigen Berichten hieß es, dass noch originale Schriften aus der Zeit des Geschehens existieren sollen, die irgendwo im Dorf wären. Zudem stünde das sagenhafte Haus der unglücklichen Kinder noch immer.

David lief den Wald weiter und kam schließlich auf einen Sandweg. Dort sah er das Dorf zum ersten Mal. Die gesamte Ortschaft befand sich in einer Art Grube, zu der ein Hang hinunterführte. Er war nicht besonders Steil gewesen, doch ziemlich lang. Der Höhenunterschied zwischen dem Dorf und dem Wald war erheblich. Darin standen viele kleine Bauten.

Er hatte sich für ein paar Tage ein Zimmer in einem Hotel gemietet, welches das Einzige in diesem Dorf zu sein schien. Ansonsten gab es viele alte Wohnhäuser und eine Taverne, die sich am anderen Eck befand. Eine Kirche stand in der Mitte dieser düsteren Szenerie. Der Regen gab diesem Bild noch den letzten Schliff.

David ging an der Kirche vorbei. Dann zwischen den Wohnhäusern entlang. Zum Glück befand sich das Hotel nicht sehr weit entfernt und war somit leicht zu finden. Doch die gesamte Gegend war beängstigend gewesen. Im Mondlicht schien es fast so, als würden die alten Geister noch immer diese Bauten bewohnen. Das Hotel war mit der Aufschrift »*Gasthaus*« versehen.

Im Inneren saß ein mürrischer, alter Mann. Ohne großartig zu Reden, übergab David ihm seinen Ausweis. Dieser kontrollierte ihn sehr genau. Nach einem kurzen Moment nahm der Mann sich sogar eine Lupe zur Hilfe. Seine Haut war ziemlich trocken und eher blass gewesen. Das konnte David ziemlich gut erkennen. Scheinbar gab es keine Computer und die Namen wurden per Hand in ein Gästebuch eingetragen. Der Schlüssel, den David daraufhin bekam, wirkte sehr altertümlich. Mit einem genervten Blick winkte der mürrische Rezeptionist David dann schließlich durch.

Die Treppenstufen, die hoch zu den Zimmern führten, waren aus altem Eichenholz gefertigt. Sie knirschten bei jedem Schritt und machten so keinen soliden Eindruck. Das Geländer war

zwar schön verziert, wirkte aber sehr instabil.
Die dunkle Treppe wurde von nur zwei
flackernden Lichtern beleuchtet.
Die Zimmertüren waren hingegen alle schwarz.
Einige unter ihnen sahen so aus, als hätte man
sie mehrfach aufgebrochen und am Schluss
noch einmal mit einem neuen Schloss
versehen. Unter *gemütliche Atmosphäre*
verstand David etwas völlig anderes.

Im Zimmer angekommen, legte er seine Koffer
in die Ecke und ging anschließend gleich ins
Bett. Aus den Fenstern konnte man zu dieser
Zeit nur noch in die Dunkelheit blicken. Die
Regentropfen schlugen während der Nacht fast
die Fensterscheiben ein. Zudem konnte man
hören, wie Personen auf dem Hotelflur auf-
und abgingen und bei jedem Windstoß sich die
Türen bewegten. Nach vielen Stunden in dieser
unkomfortablen Atmosphäre schlief David
dann endlich ein.

Am nächsten Morgen zog er sich ein
frisches Shirt und eine dicke Jacke an. Mit
großer Neugierde verließ er dann das Gasthaus.

Obwohl es helllichter Tag gewesen war,
befanden sich nur wenige Menschen auf der
Straße und nahezu alle wirkten abweisend. Sie

betrachteten David als eine Art unwillkommenen Gast in ihrer kleinen Gemeinde. Sie mochten scheinbar keine Fremden.

Zwischen den alten Häusern suchte David dann die Bibliothek.

Es war für ihn ein unbehagliches Gefühl, in einer Ortschaft zu wandeln, in der so eine grausige Vergangenheit weilte. Die Bäume und Steine pulsierten regelrecht vor dunkler Energie. Das machte sich natürlich auch bei den Anwohnern bemerkbar. Eine Tragödie hatte Wurzeln geschlagen und jeden Fleck vereinnahmt.

David lief sehr dicht an den Häusern entlang, um so nicht in den Fokus zu geraten. Es gab noch echte Fachwerkshäuser und Schmiede.

Dann fand er schließlich die Bibliothek. Sie stand neben der Taverne.

Im Inneren traf David auf eine junge Dame, die ebenfalls nicht netter als die anderen zu sein schien.

David fragte vorsichtig; *»Hi, ich suche einige Bücher über den Orden Nicola! Ich habe gelesen, dass Sie originale Dokumente von damals haben! Die würde ich gerne ansehen! Ich sammle zurzeit Informationen für mein kommendes Buch!«*

Die Bibliothekarin wartete einige Momente, ehe sie mit einem gestellten Lächeln antwortete; *»Hallo, es tut uns schrecklich Leid, aber vor drei oder vier Jahren hatten wir hier eine Art Modernisierung! Fast alle alten Bücher und Schriftstücke wurden gesammelt und in die nächste Stadt gebracht! Dort wurde vermutlich ein Großteil recycelt! Wenn Sie möchten, haben wir in den hinteren Regalen eine normale Lektüre über den Orden!«*

David entgegnete etwas enttäuscht; *»Nein! In der normalen Lektüre steht nur die grobe Umschreibung, die ich auch im Internet fand! Ich hätte diese Aufzeichnungen wirklich gebraucht! Vielleicht gibt es hier noch jemanden, der Schriftstücke von damals aufbewahrt?«*

Die Bibliothekarin beendete die Unterhaltung mit den Worten; *»Nein! Es tut mir leid! Da kann ich Ihnen nicht weiterhelfen!«*

David verließ daraufhin die Bibliothek und setzte sich auf eine Parkbank. In Anbetracht der Lage, überlegte er sich sogar, wieder zurück nach Haus zu fahren. Immerhin war die Recherche jetzt schon an einem toten Punkt angelangt.
Eine alte Frau zog Davids Aufmerksamkeit auf sich. Sie lief gerade auf der anderen

Straßenseite an einer Laterne vorbei. David nahm sein Diktiergerät und lief zu ihr hin. Freundlich sprach er; *»Hallo! Entschuldigung für die Störung, aber ich recherchiere gerade für ein neues Buch und da wollte ich mich etwas mit der Legende Ihres Dorfes befassen! Wissen Sie etwas drüber?«*

Die alte Dame antwortete mit einem leichten Lächeln; *»Ja, es sind viele Dinge passiert! Mein Großvater erzählte noch von unheimlichen Mönchen, die nachts durch die Wälder wanderten!«*

»Spricht man heute noch von diesen Mönchen? Gibt es diese noch? Sie als Anwohnerin wissen da eventuell etwas, das mir weiterhelfen könnte!«, hatte David gefragt.

Die Dame entgegnete; *»Nun ja, es soll sie heute nicht mehr geben! Aber damals sind schreckliche Dinge passiert! Viel Blut ist geflossen! Ihr Zeichen färbte sich damit, so hat es meine Mutter immer erzählt!«*

David fragte weiter; *»Zeichen? Welches Zeichen?«*

Die Dame schloss das Gespräch mit den Worten ab; *»Es ist eine Art Zirkel! Wie es genau aussieht, kann ich nicht sagen, aber Sie finden es bestimmt, wenn Sie danach suchen! Sie haben es bisher alle gefunden!«*

David bedankte sich herzlich bei der alten Dame und ging wieder auf die andere Seite der Straße. *Ein guter Anfang für das Buch*, dachte er sich. Um nun auch die richtige Atmosphäre für das Genre einzufangen, beschloss er, das gesamte Dorf zu erkunden. Mit diesem Erfolgserlebnis schritt er gut gelaunt durch die Gassen. Nach einer sehr kurzen Zeit überkam ihn jedoch ein mulmiges Gefühl. Je weiter er lief, desto bedrohlicher wurde diese Ortschaft. Es schien, als blieben sie nur unter sich. Eine ganze Gemeinde verweilte im Abseits. Auf der Schattenseite des Lichtes.

David dachte über den Wald nach, den die alte Dame erwähnt hatte. Nach einem kurzen Stopp beim Bäcker für ein paar belegte Brötchen, lief er dann schließlich den Hang hinauf. Die Bäume umzingelten das Gelände fast vollständig. Sie standen so dicht beisammen, dass es einem Angst machen konnte. Mit einem tiefen Atemzug wagte sich David dann in den Wald hinein.
Dunkelgrüne Blätter machten eine massive Dichte aus. Es schien fast unmöglich, zwischen den Bäumen etwas zu erkennen. David blickte kurz auf sein Handy, doch im Dickicht gab es keinen Empfang. Diese eigenartige Szene, aus verschiedenen Grüntönen, erzählte ihre eigene

Geschichte. David sprach in sein Diktiergerät, dass die gesamte Waldfläche keinen Bezug zum Dorf hätte. Es wirkte so, als wäre das Dorf ein schwarzes Loch gewesen. Der Wald würde nur dazu dienen, diese Finsternis verborgen zu halten.

Es gab keine Jogger, keine Radfahrer und auch keine Spaziergänger. Absolute Stille weilte in diesem Gebilde der Einsamkeit. David war etwas verängstigt und ihm fehlte das Leben aus der Stadt. Die Isolation, so kurz sie auch war, deprimierte ihn sehr. Obwohl er normalerweise die Gesellschaft anderer gemieden hatte, fehlten ihm die Menschen nun.

Während er immer weiter in diesen Wald hineinlief, wurde es von Meter zu Meter finsterer. Die Blätter wirkten nun schwärzlich. Die Bäume wurden irgendwann farblos und trist. David hielt sein Diktiergerät hoch und versuchte, so gut es ging, die Atmosphäre zu beschreiben. Nach einer kurzen Zeit bekam er Panik. Zuerst zitterten seine Hände. Darauf fing David an, mit sich selbst zu reden. Schatten blitzten vor seinem Sichtfeld immer wieder auf. Während er sich umsah, konnte er alte Bauersfrauen mit ihren Kindern als Silhouetten erkennen, die, Hand in Hand, voller Panik, durch den Wald rannten. Ein Schrecken suchte die Wälder heim und es loderte tief im

Verborgenen. Die Dunkelheit erstreckte sich über allen und hinterließ eine brennende Welt voller Trauer und Leid. *Was war hier nur passiert*, fragte sich David, während um ihn herum schwarze Flammen aufgingen. Die Geister aus vergessenen Zeiten trieben ihn zum Wahnsinn. Seine Brust wurde förmlich zusammengedrückt, worauf David hustend nach Luft schnappte. Er verfiel in eine Art Trance und bemerkte bald, dass er seinem Ende entgegenschritt.

Mit seiner letzten Kraft lief er die Strecke wieder zurück. Er flüsterte währenddessen vor sich hin und versuchte, dem Zorn des Waldes entgegenzuwirken. Davids Kampf gegen diese kraftvolle Präsenz endete, als er aus dem Wald hinausgekommen war. Während er auf dem sandigen Boden stand und verschnaufte, hatte es kurz den Anschein, als wäre nie etwas Eigenartiges passiert. Die Vögel zwitscherten, als wäre es eine Welt gewesen, die niemals von der Dunkelheit berührt worden war.

Als David den Hang wieder hinunter in das Dorf lief, konnte er sich nicht mehr so wirklich an die Geschehnisse aus dem Wald erinnern. Sein Verstand kehrte zwar wieder, aber die Erinnerungen aus dem Wald blieben bruchstückartig verloren.

Als er an seinem Gasthaus ankam, dämmerte bereits der Abend. David ging direkt auf sein Zimmer und nahm ein schönes warmes Bad. Der ganze Tag hatte seinen Tribut gefordert. David hatte Wunden an den Füßen und den Armen.

Durch das warme Wasser wurde er von Sekunde zu Sekunde müder. *Das verdammte Dorf,* murmelte David. Danach legte er sich schlafen.

Am folgenden Morgen ging es ihm dann deutlich besser. Nach einem kurzen Frühstück wollte David seine Recherchen dann so schnell wie möglich abschließen, um wieder nach Hause fahren zu können. Also zog er ein letztes Mal mit seinem Diktiergerät los.

Nicht weit vom Gasthaus entfernt, traf er einen älteren Herren. Dieser kam scheinbar gerade aus der Kirche. David fragte ihn, ob er ein paar Minuten Zeit für eine Befragung hätte. Der Mann war zunächst recht zögerlich, aber gab dann schlussendlich nach.

David fragte daraufhin knallhart los; *»Was wissen Sie über diesen Wald im Zusammenhang mit dem Orden?«*

Der alte Mann entgegnete; *»Durch diesen Wald kamen sie. Sie kamen alle da her. Sie müssen wissen, wir sind ein kleines Volk.*

Viele von uns sind Bauern. Wir waren nie feindselig. Wir haben überdauert und waren immer unter uns, doch dann kamen sie. Nach dem Fund von Nicolas-Solohnja, dem Orden dieses Bastards, kamen sie hierher.
Siebzehn von ihnen. Sie vergifteten unser schönes Dorf mit ihrer bloßen Anwesenheit, mit ihren Ritualen. Siebzig Jahre gab es hier keinen Pfarrer!
Und es folgten mehr von ihrer Sorte! Die Kinder hatten Angst, die Frauen hatten Angst. Schwarz wie der Tod gekleidet liefen sie durch unseren Wald, durch unser Dorf. Man sah nicht einmal ihre Gesichter!
Dann verschwanden sie. Einer nach dem anderen. Keiner weiß bis heute wohin. Den Wald, aus dem sie kamen, meiden wir!«

David wollte weiter wissen; *»Das heißt, Nicola war nicht immer hier?«*
Worauf der alte Mann antwortete; *»Nicola war niemals hier. Nicola verstarb zur Gründung des Ordens und der Ursprung davon war weiter östlich von hier. Der Orden wurde ihm zu Ehren gegründet! Dunkle Magie! Das brachten sie hier her! Wenn Sie glauben, echte Angst zu kennen, dann irren Sie sich, mein Sohn!«*
David musste einmal Schlucken und die Worte verdauen. Dann fragte er weiter; *»Wo finde ich*

weitere Informationen über den Werdegang!
Über die Gründung vielleicht? Die
Bibliothekarin meinte, dass alle alten Bücher
weggebracht und wahrscheinlich vernichtet
wurden!«

Der alte Mann sah David kurz bemitleidend an
und sagte darauf; *»Weggebracht? Nein! Sie*
wurden nicht weggebracht! Wir haben sie dort
abgelegt, wo sie hingehören! Und Sie sollten
nicht nach ihnen suchen! Machen Sie sich
einen schönen Urlaub! Vergessen Sie Ihre
Suche nach den Büchern! Verwenden Sie, was
Sie jetzt haben! Denn, wer Unheil sucht, wird
Unheil finden, heißt es bei uns!«

Darauf wurde der alte Mann ziemlich still und
es schien, als würde er nun das Ende des
Gespräches suchen. David bedankte sich darauf
herzlich für ihre Hilfe und zog weiter seiner
Wege.

Das Diktiergerät hatte alles aufgezeichnet. Das
Material hätte zwar noch nicht für ein langes
Sachbuch gereicht, aber ein kleines Büchlein
wäre es immerhin schon einmal, dachte sich
David. Danach lief er seine letzte Tour durch
das Dorf.

Auf einmal kochte die Angst in ihm hoch. Etwas
umhüllte seine Schultern. Das Gespräch hatte
ihn verängstigt und die dunkle Atmosphäre der
Gasse färbte sich immer weiter ab. Er dachte

sogar kurz darüber nach, das Buch und die Geschichte zu vergessen. Einfach in den Zug zu steigen und zurückzufahren. Mit dem Gedanken, dass diese Geschichte aber erzählt werden musste, sammelte er seinen Mut und ging dem Ganzen weiter nach. Die Welt sollte davon erfahren, aber je näher er der Wahrheit kam, desto gefährlicher wurde es.

David ging den Hang wieder hinauf. Auf halbem Weg, gab es an der Seite einen Friedhof, welches auf einer geraden Ebene stand. Dort setzte er sich auf eine Sitzbank und versuchte, alles in einen Topf zu bekommen. Es war nicht der ideale Ort zum Nachdenken, aber vermutlich der stillste. Er legte sich auf die Bank und sah in den Himmel hinauf. Nach etlichen Gesprächen mit sich selbst, schlief David schlussendlich im kalten und nebligen Friedhof ein.

Als er wieder aufwachte, dämmerte bereits der Abend. Durch die einkehrende Dunkelheit wirkten die einzelnen Grabsteine sehr beängstigend. Raben kreisten über dem Areal und krächzten in die Atmosphäre hinein. Kalte Winde fegten durch das Gelände. Als David sich schlaftrunken umsah, kam die Angst in ihm hoch. In diesem Moment schienen die Monster und Ghule, vor denen uns unsere Eltern immer gewarnt hatten, äußert real. Die Szenerie glich immer mehr einem düsteren Märchen. David machte sich auf den Weg. Doch schon nach wenigen Schritten, fühlte er sich verfolgt. Wie ein Schatten, der an mehreren Wänden zur selben Zeit auftauchte. Er spürte mehrere Blicke, die ihn trafen. Die Winde wurden stärker und die Raben immer lauter. David blickte vorsichtig hinter sich, doch dort war niemand. Er suchte sämtliche Grabsteine und Bäume ab. Erleichtert drehte sich David darauf wieder nach vorne.

Plötzlich tauchte etwas auf. Dieses Etwas rammte David und verschwand darauf im dunklen Nebel. Viel konnte er nicht erkennen, nur, dass die Gestalt eine schwarze, massive Robe trug. Die Augen waren schwärzer als die tiefste Nacht und die Wucht des Zusammenstoßes war sehr gewaltig gewesen. Obwohl sich David mehrfach umsah, konnte er dieses Wesen nicht mehr finden. David wusste, dass nun die Zeit für die Heimreise gekommen war. Mit einem Sprint rannte er also wieder hinunter in das Dorf. Er lief direkt in sein Hotelzimmer und warf alle Klamotten, die er finden konnte, in seinen Koffer. Darauf machte er sich auf den Weg zum Bahnhof. Er checkte nicht einmal aus. David dachte sich, dass die Dorfbewohner das Ganze auch nur inszeniert haben könnten, und stufte sie als unberechenbar ein. Er wollte mit ihnen nichts mehr zu tun haben.

Obwohl die altmodischen Straßenlaternen erleuchtet schienen, erhellten sie die Wege fast gar nicht mehr. Die komplette Ortschaft war in Schwärze versunken. David sang Kinderlieder, während er den Hang hinauf ging. Er versuchte, sich von der düsteren Kulisse abzulenken.

Am Bahnhof angekommen erwartete ihn die nächste Überraschung. Es hing ein Baustellenschild über der Wartezone. Wegen Bauarbeiten würden die Züge in nächster Zeit ausfallen.

David wusste nicht, was er nun machen sollte. Er zog stürmisch an seinem Koffer und verließ den Bahnhof wieder. Nun war der einzige Weg hinaus, der Weg durch den Wald. Während er erneut in diese düstere Ortschaft hineinlief, sah er von oben auf das Dorf nieder. Die vollständige Kulisse ähnelte einer Geisterstadt. So, als hätte dort keine Menschenseele gelebt. Nach einigen Metern in den tiefen des Waldes hörte David plötzlich Gesänge. Diese hallten durch die gesamte Waldschaft. Es waren tiefe und bizarre Stimmen, die immer näher kamen. Plötzlich sah er Lichter durch die Baumstämme hindurch. Voller Panik rannte David wieder aus

dem Wald hinaus und lief den Hang hinunter.
Er raste mit letzter Kraft zurück in sein
Gasthaus, während die Gestalten nacheinander
aus dem Wald kamen.

Er lief direkt auf sein Zimmer. Der Schlüssel
befand sich noch glücklicherweise in seiner
Tasche. Die Gesänge hatten währenddessen
nicht aufgehört. Im Zimmer verschloss David
voller Panik die Tür und stellte seinen Koffer
davor. *Ein Alptraum wurde wahr,* dachte sie
David und stürmte ins Badezimmer, um sein
Gesicht zu waschen. Als er dort wieder
hinauskam, wartete die nächste Überraschung
auf ihn.

Ein altes Buch lag auf seinem Bett. Es hatte
einen Einband aus schwarzem Leder mit
kunstvoll bemalten roten Rändern. Die Seiten
wirkten verfärbt. David nahm und öffnete es
mit Vorsicht. Der Titel brachte sein Herz fast
zum stehen. Darauf stand *»Nicolas-Solohnja«* in
einer alten Schrift. Viele Seiten des Buches
waren per Hand geschrieben. Darin steckte so
viel Hass, Leid und Grausamkeit. Symbole
markierten Kapitel und es folgten Schriften und
Zitate aus einer völlig unbekannten Sprache.
Ein alter Brief steckte zwischen den Seiten
dieses Buches fest.

*»Düsterfürst Nicola, ehemals der
Anführer der Bauernheere, war der Sohn einer*

Adelsfamilie. Im Kampf nach Ruhm und Anerkennung verlor die Familie sehr viel an Besitz und letztlich auch ihren Status. Am Ende war es Nicola, der Neugierige, der das Vermächtnis fortführen sollte. Er war der Letzte seiner Blutlinie.

Er versammelte eintausend Krieger vor seiner Burg. Ihre Rüstungen färbte er schwarz und zog mit ihnen in den Krieg. Er überraschte seine Feinde in der Nacht und sie ließen niemanden am Leben. So holte Nicola Stück für Stück seine Heimat wieder zurück. Schon bald nannte man ihn den Düsterfürsten der Ostlande ...

Nicola sperrte sich immer wieder selbst in seine Gemächer ein. Meistens verweilte er dort mehrere Tage am Stück. Es war merkwürdig, dass immer mehr von seinem Gefolge starb. Es kam der Verdacht auf, dass die Soldaten des Düsterfürsten die Anweisung hatten, sie zu töten. Es kam zu einem inneren Aufstand. Die Soldaten der anderen Seite machten sich dies zunutze und zogen gegen Nicola in den Krieg. Man munkelte, dass ein dunkler Kult geboren worden war. Der Krieg dauerte mehrere Monate. Am Schluss fand man den Düsterfürsten angeblich leblos in seinem Schlafgemach vor ... Doch eine Leiche konnten sie nicht vorweisen.

*Nicolas-Solohnja ist der Nachfolger, der
Bruderschaft des Nicola. In der Mythologie
glaubt man an eine Blutschuld bei dunklen
Mächten. Vierhunderttausend Jahre der
menschlichen Grausamkeit haben es
aufgeweckt. Es wird kommen. Unsere Seelen
sind alle schwarz ...«*

David ließ voller Schreck das Buch auf das Bett
fallen. Dieses Werk, nach dem er so lange
gesucht hatte, offenbarte ihm scheinbar sein
eigenes Schicksal. Dem Buch nach gab es kein
Entkommen aus dieser Dunkelheit. Alles
bedeckte sich mit Schatten und die Welt
versank in Finsternis.
David ging verängstigt hinunter zur Rezeption,
doch der Mann war nicht mehr da. Die Lichter
waren ebenfalls erloschen.

Als die restlichen Lichter zu flackern begannen,
hallten Klopfgeräusche durch das Gebäude. Von
Sekunde zu Sekunde wurden sie immer lauter.
Davids Herz schlug so schnell, dass es jeden
Moment hätte zerspringen können. Er rannte
aus dem Gasthaus, während der Drang nach
frischer Luft immer stärker in ihm wurde. Vor
dem Gasthaus blickte er kurz nach rechts und
sah die finsteren Mönche, die sich am Ende der
Straße aufgestellt hatten und ihn mit aller

Seelenruhe beobachteten. David lief um die Ecke. Kein Licht schimmerte durch die Fenster. Die Häuser waren alle nicht bewohnt.

Die Straßenlaternen gingen ebenfalls aus. David rannte voller Panik um die Kirche herum und zückte sein Handy. Er versuchte, seine Freundin anzurufen, doch diese ging nicht an das Telefon. Als die finsteren Gestalten um die Ecke gebogen kamen, lief David wieder voller Panik los. Dabei verlor er sein Handy aus der Hand. Umdrehen war aber keine Option mehr. Am anderen Ende der Schlucht, in dessen sich das Dorf befand, kam er zu einem seltsamen Haus. Es unterschied sich von der Architektur her wesentlich von den anderen. Es hatte ein Beigebäude, das scheinbar als Zusatz und als zweites Stockwerk diente. *Das muss das legendäre Haus der unglücklichen Kinder sein*, dachte sich David. In Anbetracht, dass er es weder aus dem Wald, noch aus dem Dorf schaffen konnte, schien dieses Haus für David die letzte Möglichkeit zu sein. Mit gesammeltem Mut betrat David also die finstere Behausung.

Die Wände waren aus dunklem Holz gefertigt. David blickte sich etwas im Erdgeschoss um und beobachtete durch die Fenster, wie die finsteren Gesellen im Dutzend dem Haus immer näher kamen.

Plötzlich rammte ihn etwas. Ein Schatten ging durch die Zimmer und schleuderte David gegen die Wand. Mit einer Wucht fiel er schließlich zu Boden. Das Haus wurde lebendig. Einige Holzbalken pendelten von der Decke herunter und schlugen mehrmals gegeneinander. Kindergesänge hallten durch das Haus, während der Wind durch die Rillen pfiff.

David blickte in das Wohnzimmer hinein. Dort tippte eine unsichtbare Macht an einer alten Schreibmaschine herum.

Es öffnete sich eine Tür, auf der anderen Seite des Hauses. David humpelte voller Vorsicht den Flur entlang.

Dahinter befand sich eine Treppe, die in den Keller zu führen schien.

Auf einmal kamen kleine Kinder hervor. Blass und ohne Mimik. Die Augen pechschwarz. Die Mädchen trugen bläuliche Kleidchen und die Jungen schwarze Hemden. »*Komm mit uns!*«, sagten sie zu David und nahmen ihn an der Hand. Sie flüsterten ihm immer wieder zu; »*Du musst jetzt mitkommen!*«

Als David im nächsten Moment aus den Fenstern blickte, sah er, wie sich die Mönche um das gesamte Haus versammelt hatten. Ohne sich zu rühren, blickten sie durch die Fenster hinein und beobachteten das Geschehen.

In Anbetracht der Ausweglosigkeit der Lage

folgte David den Kindern die Kellerstufen hinunter in die Dunkelheit.

Drei Wochen später fuhren Polizisten in das Dorf. David war nicht mehr gesehen und von seiner Freundin schlussendlich als vermisst gemeldet worden. Die Ermittler konnten sein Handy anhand der letzten GPS-Koordinaten bis zu dieser Ortschaft zurückverfolgen. Mehrere Polizisten stürmten das Dorf und fanden schließlich das Handy. Sie durchsuchten das komplette Areal, doch konnten niemanden finden.

Davids Freundin wurde dann noch einmal auf die Polizeiwache gerufen. Der Kommissar erzählte ihr, dass Davids Handy in einem verlassenen Dorf gefunden worden war. In Anbetracht, dass es keine Straßen gab, geschweige denn andere Verkehrsmittel, die so tief in diesen Wald kamen, rätselte man darüber, wie David überhaupt dort hinfand.

Fünf Monate später wurde die Akte zu den ungelösten Fällen gelegt.

Das Haus der unglücklichen Kinder

Das Jahrhundert neigte sich dem Ende. Die Feinde des Düsterfürsten Nicola stürmten die Festung. Es war am Ende zu erwarten. Viele seiner Gefolgsleute waren verhungert oder hatten sich das Leben genommen. So war es ein leichtes Spiel für die gegnerische Truppe die Burg regelrecht zu überrennen.

Sie drangen bis in den Innensaal vor. Nicola und eine Handvoll seiner Leute hatten sich im Burgturm verbarrikadiert. Der einzige Zugang dorthin war zugeschüttet worden.

Nachdem die Feinde voller Wut sämtliche Vorräte vernichtet hatten, zogen sie wieder ab. Sie schlugen ihr Lager unweit vom Fluss auf. Sie wussten, dass Nicola und die Soldaten im Burgturm nicht mehr lange überleben würden.

Detlef war einer der Ordensritter des Düsterfürsten. Er bewachte seit der Evakuation die Tür zum Schlafgemach des obersten Anführers. Nicola war seit Tagen nicht mehr hinausgekommen. Selbst dann nicht, als die Feinde nebenan die Burg plünderten und brandschatzten. Seine restlichen Soldaten, die noch mit ihm in dem Turm gefangen waren, wurden von Tag zu Tag feindseliger und fingen an, über Verrat nachzudenken. Nicolas Kopf würden sie gegen ihre Freiheit eintauschen. Detlef war dem Düsterfürsten ein loyaler Diener, doch als der Drang der Soldaten größer wurde, musste auch er sich entscheiden. Will er sich zwanzig Männern stellen oder einem Einzigen.

In einer dunklen Winternacht war es dann so weit. Die Soldaten marschierten in Kampfstellung vor das Schlafgemach des Düsterfürsten. Nun war es nur noch an Detlef, der zwischen ihnen stand. Einer der Soldaten zog seine Waffe und forderte ihn auf, sich jetzt zu entscheiden. Nach einem kurzen Augenblick zog auch Detlef sein Schwert. Sie öffneten die Tür und traten zu siebt hinein.

An der Wand konnte man einen großen Schatten erkennen, welcher das Zimmer ablief, während Nicola nachdenklich an seinem Tisch saß. »*Illoyales Pack!*«, rief der Düsterfürst ihnen zu, ohne sie eines Blickes zu würdigen. Daraufhin verschwand der Schatten plötzlich.

»Es tut mir leid, Nicola, aber es geht nicht anders!«, antwortete Detlef darauf. Im nächsten Moment stand Nicola auf. Seine Augen waren blutrot unterlaufen und in der Dunkelheit seines Zimmers, wirkte er nicht mehr menschlich. Nicola zog sein Schwert, während er mit dem Schatten flüsterte, der plötzlich hinter ihm an der Wand wieder erschienen war. Die pechschwarze Klinge seines Schwertes loderte wie Feuer in diesem Raum. Mit einer kurzen Bewegung strich Nicola das Schwert durch die Luft. Einmal von links nach rechts. Darauf gingen alle sechs Soldaten, die hinter Detlef standen, tot zu Boden. Der einst loyale Diener bekam sehr große Angst. Er sammelte seinen ganzen Mut und ging dann auf Nicola los. Plötzlich löste sich der Schatten von der Wand und rammte Detlef durch das Burgfenster hinunter in seinen Tod. Nicola suchte daraufhin die anderen Soldaten aus dem Turm und schlachtete sie ebenfalls ab, ohne sie nur einmal berührt zu haben.

Das Blut der zwanzig Männer tränkten die Mauern des Burgturmes. Es floss die Rillen der Steinfassade hinunter. Nicola legte sein Schwert weg und flüsterte wieder mit dem Schatten.

»Das ist der Preis! Das ist der Preis! Ich werde nie meinen Platz in den Geschichtsbüchern erhalten! Ich gab diesen

Verrätern ihr Land und ihre Freiheit wieder! Befreite sie von der Unterdrückung! Ich zeigte ihnen, wie sie zu einer unschlagbaren Armee werden konnten! Einer Armee, die kein menschliches Wesen aufhalten könnte! Keines! Und so dankten sie es mir!«, sprach Nicola zu dem Schatten.

Dieser antwortete mit einem unheimlichen Ton; *»Ja, dies war der Preis! Dein Preis! Du hast ihn bezahlt! Niemand wird dich jemals in den Geschichtsbüchern als Fürsten oder Eroberer erwähnen! Dafür geben wir dir etwas anderes! Du schreibst nicht die glorreichste Geschichte in Europa, aber die finsterste!«...*

Nicola ging die Treppe wieder nach oben. Im Schlafgemach angekommen, flüsterte der Schatten weiter; *»Du hast es möglich gemacht, Nicola! Niemand wird dich als Helden in Erinnerung behalten und selbst 500 Jahre später wird niemand sagen, dass du Freiheit brachtest. Doch das hast du getan, Nicola. Sie wissen es nur noch nicht! Sie werden dich nie als Geschichtsfigur kennenlernen! Nein! Sie werden dich als Alptraum wissen! Jedes Mal wenn die Nacht so finster ist und so viel Schrecken birgt, werden sie dich fürchten! Du wirst der dunkle Herrscher sein! Sie werden dich nicht besingen, sie werden dich fürchten! Eines Tages wirst du dich von Neuem erheben!*

Doch nun ist es an der Zeit!«

Nicola ging mit großen Schritten zum Burgfenster und stürzte sich in die dunkle Nacht hinein. Ehe er auf dem Boden aufschlug, verwandelte er sich in einen Schatten und verschwand in die Dunkelheit der Nacht.

Viele Jahre später

Der Herbst neigte sich dem Ende. Der Wind sammelte die toten Blätter ein und die Wälder, entlang der westlichen Grenze, verwandelten sich in eine trübsinnige Kulisse. Die Bauern holten ihre Ernten ein und bereiteten sich langsam auf den Winter vor. Die letzten Handel für die dunkle Jahreszeit wurden betrieben. Es gab Dörfer, die waren leicht zu erreichen, aber es gab auch Ortschaften, die ziemlich umständlich zu besuchen waren. Diese mussten sich ihren gesamten Vorrat für den Winter auf einmal holen.

In den östlichen Landen wanderten siebzehn Männer durch die Dörfer. Sie trugen allesamt Bauerntrachten, selbst wenn sie keine Bauern waren.
Die einzelnen Ortschaften, die sich Nicola

angeeignet hatte, wurden zurückerobert. Den einzelnen Völkern erzählte man von einem Bauern, der üblen Verrat beging. Der Düsterfürst und seine Taten sollten vergessen werden.

Zu diesem Zeitpunkt konnte allerdings keiner ahnen, dass es einen Orden gab, der das Vermächtnis fortführen sollte. Es gab einen Grund, wieso sich Nicola auf seine Burg zurückzog und kein sonderliches Interesse mehr an Eroberungen hatte. Die Könige und Herrscher wussten es. Sie wussten, dass Nicola eine neue Art der Kriegsführung entdeckt hatte. Eine Armee, die kein Mensch jemals aufhalten konnte. Durch ihre Angst hatten sie schnell und erbarmungslos gehandelt. Nicola war in ihren Augen eine Gefahr für die gesamte Menschheit geworden.

Mitten in den Wäldern erreichten die siebzehn unbekannten Männer ein kleines Dorf. Die kleine Ortschaft war in einer Schlucht errichtet worden. Die Fremden liefen den Hang hinunter, während sie sich das Dorf ansahen. In der Mitte der Ortschaft stand eine große und prächtige Kirche, die von vielen kleineren Wohn- und Wirtshäusern umrundet war. Gleich neben dem Abhang gab es eine Erhebung. Dort befand sich der Friedhof der kleinen Gemeinde. Die ansässigen Bauern sahen die fremden Wanderer erst skeptisch an, doch dachten sich nichts weiter. Die Männer liefen an der Kirche vorbei auf die andere Seite des Dorfes. Dort befand sich ein Haus, das eigentlich seit Jahren unbewohnt gewesen war. Einer der Siebzehn zog einen Schlüssel aus seiner Tasche und öffnete die Tür. Viele Dorfbewohner konnten es genau beobachten. Allesamt gingen die Fremden in das Haus hinein und verschlossen die Tür wieder. Den Dorfbewohnern war das zwar etwas unheimlich gewesen, aber wahrscheinlich mussten sie sich nur an ihre neuen Nachbarn gewöhnen, dachten sie sich.

Als die Nacht an diesem Tag angebrochen war, versammelten sich alle Bewohner in der Kirche. Es war eine Art Predigt zum Beginn des Winters. Daniel, der Schankwirt der Gemeinde, ging zum Haus am Ende des Dorfes, und wollte die neuen Dorfbewohner dazu holen.
Daniel war noch relativ jung. Er hatte den Betrieb seines Vaters gleich nach dessen Tod übernommen. Seine Mutter starb einige Jahre zuvor an einer Lungenkrankheit. Nun war die Gastwirtschaft das Einzige, das ihm noch an diesem Ort geblieben war. Doch einsam wurde es nie. In diesem Dorf kümmerte man sich um

andere. Zwischen den Bewohnern herrschte eine sehr freundliche Atmosphäre. Jeder kannte den anderen persönlich und dadurch gab es sehr selten Schwierigkeiten. Da das Dorf, durch die dichten Wälder, abgeschieden stand, war es für Plünderer schwieriger zu erreichen, gerade in den Wintermonaten. Viele machten sich die Mühe erst gar nicht. Durch all das bekam diese kleine Gemeinde ein idyllisches und harmonisches Zusammenleben. Sie arbeiteten in Freundschaft, sie aßen als Familie und sie beteten alle in Gemeinschaft.

Als Daniel an der Tür des merkwürdigen Hauses angeklopft hatte, überkam ihn ein beängstigendes Gefühl. Für ihn fühlte es sich so an, als hätte jede fröhliche und schöne Emotion seinen Körper verlassen. Es öffnete jedoch niemand und Daniel ging enttäuscht wieder zurück.

Während die Glockenschläge die restlichen Bewohner zum Gebet riefen, fing es an, zu regnen. Dunkle und dichte Wolken sammelten sich über dem Dorf. Ein kalter Wind wehte durch die Gemeinde hinweg. Viele Leinen, an denen Kleider zum Trocknen hingen, wurden ausgerissen und durch die Luft geschleudert. Der Pfarrer lief aus der Kirche, um dieses stürmische Geschehen zu beobachten. Herbstwinde kannte er, doch dieses Mal schien es etwas anderes zu sein.

Während sich alle im Saal einfanden, zog sich der Pfarrer noch einmal in seine Räumlichkeiten zurück und überarbeitete seine Predigt.

Die letzten Anwohner verschlossen das Kirchtor und der Pfarrer stürmte energisch in den Saal. Er sprach; *»Seht! Seht liebe Gemeinde! Seit Monaten schuften und ackern wir für diesen Winter und erhoffen uns eine Antwort von Gott! Und hier ist sie!«*
Er zeigte mit seinem Zeigefinger zu den Kirchenfenstern. Dicke Regentropfen prasselten dagegen.

»Das ist Gottes Antwort an euch! Gott ist verärgert! Gott! Ist! Verärgert!
Jeder von euch leistet seinen Teil, denn als Gemeinschaft wachsen wir und doch ist Gott sauer! Weil die Menschen nun mal Sünder sind! Weil sie die Weiber anderer Männer begehren! Weil sie unkeusche Gedanken haben! Weil sie uneheliche Kinder zeugen! Gott ist verdammt sauer und so lässt er es uns wissen! Mit Trompeten und Paukenschlag!«
Währenddessen stürmte und blitzte es vom Himmel.

Eine Panik ging durch den Saal. Die Menschen bekreuzigten sich und flüsterten vor sich hin. Je lauter das Unwetter wurde, desto größer wurde die Angst in ihren Herzen.

»Gott hat diese Welt schon einmal gesäubert und er wird sie ein weiteres Mal säubern! Ihr müsst nur entscheiden, auf welcher Seite ihr stehen wollt!«, rief der Pfarrer durch den Kirchensaal. *»Ihr gebt euch Lügen hin! Lügen von diesen Sündern! Sie begatten Dirnen! Sie berauschen sich an ihren Gelüsten und das Ende kommt immer näher! Könige und Edelleute werden euch nicht retten! Es gibt nur einen König im Himmel! Es gibt nur einen wahren Herrscher über diese Welt! Und dieser wird den menschlichen König genauso richten wie den Bauern oder den Schmied! Liebe Gemeinde! Gebt gut acht! Gott ist überall!«*

Nach der Predigt liefen die Bewohner wieder aus der Kirche hinaus. Der Pfarrer verabschiedete sich von jedem Einzelnen. Kurz bevor er das Kirchtor wieder schloss, blickte er besorgt hinüber zum Haus der Fremden.

Später in der Nacht war das Unwetter noch nicht vorüber. Viele hatten sich schon schlafen gelegt, während der Sturm durch das Dorf zog. Die Bäume des Waldes bewegten sich wie in einem Tanz. Die dunklen Wolken hatten nahezu den kompletten Himmel eingenommen.

Der Pfarrer saß gerade im Kirchensaal und grübelte über das aktuelle Geschehen, als auf einmal die Kirchenglocken praktisch von alleine läuteten. Voller Misstrauen sprang er auf und rannte die Treppen hinauf auf den Kirchturm. Sie schlugen so kräftig und so laut, dass es unmöglich vom Wind kommen konnte. So etwas wäre nur möglich gewesen, wenn jemand an den Seilen gezogen hätte. Doch oben war niemand, stellte der Pfarrer fest. Er bekreuzigte sich und wollte gerade das Vater Unser sprechen, als auf einmal Kinderschreie durch das Dorf hallten. Der Pfarrer richtete voller Furcht seinen Blick zum Haus der Fremden.

Währenddessen versammelten sich einige Bauern schon auf den Straßen. Mit Fackeln beleuchteten sie sich die Wege durch die Finsternis. Doch der Sturm löschte ihre strahlenden Lichter. Daraufhin kam der Pfarrer aus der Kirche gelaufen und rief den Anwohner zu; *»Liebe Gemeinde! Bitte geht wieder in eure Häuser! Das sind alles Tricks des Bösen! Geht zu euren Familien!«*
Einer der verängstigten Bauern antwortete; *»Da schreien Kinder, Pater! Es könnte eins unserer Kinder sein!«*

»Wird denn eines eurer Kinder vermisst? Sind denn alle Zuhause?«, wollte der Pfarrer wissen. Die Bauern zogen los und gingen von Haus zu Haus. Nach etwa einer halben Stunde war jedoch klar, dass keines der Kinder vermisst wurde. Während die Kinderschreie noch qualvoll durch das Dorf hallten, sprach der Pfarrer; *»Bitte geht jetzt wieder in eure Häuser! Es ist hier draußen nicht sicher! Das ist eine List! Die List des Bösen! Es soll euch von euren Pflichten abhalten! Es soll eure Zeit stehlen!«* Die Bewohner gingen daraufhin wieder in ihre Häuser zurück. Der Pfarrer blickte noch einmal zum Haus der Fremden, ehe er in die Kirche hineintrat. Gegen die Morgenstunden in derselben Nacht hörten die Schreie dann wieder auf. Zeitgleich öffnete sich auch der Himmel wieder und der Regen ließ nach.

Am Morgen gingen alle wieder ihren Tätigkeiten nach. Die Bauern und Schmiede arbeiteten an ihren Projekten, die Frauen holten das Wasser aus dem Brunnen und bereiteten das Essen vor. Die Kinder spielten auf dem Marktplatz und die Sonne strahlte wie nie zuvor.

Der Pfarrer ging zum Haus der Fremden und klopfte an ihre Tür. Das Ziel war es, sich vorzustellen und sie besser kennenzulernen.

Doch es gab keine Reaktion. Er drückte sogar sein Ohr an die Tür, mit der Hoffnung etwas hören zu können, doch es weilte die Stille selbst darin.

Anschließend lief er wieder in die Kirche. In seinem Arbeitszimmer setzte er sich an einen Brief. Adressiert an die zuständige Diözese.

»Ich schreibe Ihnen heute voller Sorge und erhoffe mir einen Beistand in meinem Anliegen. Gestern kamen Fremde in unserem Dorf an. Sie leben nicht wie wir, sie beten nicht wie wir. Ich befürchte, dass da etwas Größeres vorgeht. Pastor Mark Delov schrieb damals eine Erläuterung über die Vorbereitung für die Ankunft des Antichristen. Ich glaube, wir haben es hier mit etwas sehr Machtvollem zu tun. Ich werde dem weiter nachgehen, aber sollten sich meine Befürchtungen bewahrheiten, brauche ich Ihre Unterstützung und Genehmigung für die Umsetzung einer Hexensäuberung.«

Voller Eile übergab er den Brief an seinen Boten, der daraufhin losritt.

Zur gleichen Zeit säuberte Daniel gerade die Tische in der Taverne. Nach der Predigt von letzter Nacht erwartete er zwar nicht mehr viel Kundschaft, aber den Laden öffnen musste er trotzdem. In wenigen Monaten stand seine Hochzeit mit Elisabeth an. Sie war die Tochter eines Schmieds und wohnte in einer großen Stadt. Weit entfernt von diesem Dorf und ihrer Lebensweise. Daniel wollte diesen Winter noch etwas Geld verdienen, um dann anschließend die Schankstube zu verkaufen und endgültig wegzuziehen. Elisabeth und Daniel hatten sich vor drei Jahren auf der Durchreise kennengelernt und schrieben sich zu Anfang Briefe. Im vergangenen Winter hatten sie sich dann schlussendlich verlobt.

Daniel konnte es gar nicht mehr erwarten, aus dieser Gemeinde zu kommen. Es gab dort in seinen Augen weder eine Privatsphäre noch ein wirklich eigenständiges Leben mehr. Der Bürgermeister hielt sich aus allem raus und die Menschen folgten nur einer strengen Lebensweise, geführt von einem durchgeknallten Pfarrer, der immer wieder die Menschen mit Angst und Schrecken aneinanderband.

Elisabeth hatte Daniel immer wieder erzählt, wie frei das Leben in ihrer Heimat war und wie viele Möglichkeiten es dort gab. Obwohl dieser Ansporn schon gereicht hätte, war der größte, endlich mit Elisabeth vereint zu sein.

Daniel konnte sich zwar im Dorf gut anpassen, aber es belastete ihn mit der Zeit immer mehr, eine Person spielen zu müssen, die er gar nicht war. In seinen Augen heuchelte jeder Anwohner ein perfektes Leben vor. Alle waren ja so rechtschaffen. Sie waren die Ersten, die andere verurteilten und degradierten, obwohl jeder Einzelne von ihnen kein Stück besser war.

Während die Bauern und Arbeiter ihren Feierabend hatten und sich nun zur Taverne begeben wollten, läuteten erneut die Kirchenglocken. Pfarrer Dominik rief zu einer Predigt.

Im dämmernder Dunkelheit liefen die Anwohner wieder in die Kirche und nahmen im Saal Platz. Als Dominik, die Kirchentür schließen wollte, erblickte er etwas Beängstigendes. Die Fremden kamen gerade aus ihrem Haus. Jetzt, da alle Anwohner in der Kirche waren, schafften sie es sogar fast ungesehen in den Wald. Sie trugen alle massive schwarze Gewänder mit Kapuzen. Ihr kompletten Körper waren bedeckt. Nicht einmal das Gesicht konnte man erkennen. Pfarrer Dominik flüsterte; »*Ich habe es doch gewusst!*«
Er verschloss das Tor und ging vor zum Altar. Mit einer exzentrischen Stimme rief er; »*Liebe*

*Gemeinde! Frauen und Männer! Oh, Kinder
fürchtet euch! Denn die Nacht ist angebrochen!
Der Niedergang ist nah. Das Ende rückt immer
näher! Ich habe die Diözese ersucht und ich
werde euch nicht weiter im Dunkeln lassen! Sie
werden wahrscheinlich schon bald Verstärkung
schicken und wir werden ein neues Hexenfeuer
entzünden! Oh, habt Angst Lämmer, denn der
Wolf ist mitten unter uns!«*

Im Saal ging ein großes Entsetzen um.
Verängstigt tuschelten sie untereinander.
Mütter umarmten ihre Kinder und Kinder
starrten schockiert vor zum Altar.

Daniel stand auf und ging zum Pfarrer vor. Mit
einer leisen Stimme flüsterte er; *»Dominik!
Bitte! Es herrscht ohnehin schon genug Angst
unter ihnen! Glaubst du nicht, dass es langsam
reicht? Eine Hexenverfolgung? Ist das dein
Ernst?«*

Ohne auf Daniel einzugehen, rief Dominik
energisch in den Saal; *»Fürchtet euch alle!
Denn Satan ist gekommen! Satan hat diese
Wälder bereits eingenommen und er wird sich
jeden Einzelnen von euch holen! Wir müssen
die Hexer verbrennen! Wir müssen sie
ausrotten! Im Namen Jesu Christi! Ich fordere
euch dazu auf, erwachet und sehet! Die Schreie
waren erst der Anfang! Ich verspreche euch,
ich werde die Hexer finden und sie werden für*

alles bezahlen!«

Während die Anwohner erleichtert applaudierte, blickte Daniel auf den Boden nieder. Er wusste, dass es das Ende der Idylle gewesen war. Tief in Gedanken versunken, lief Daniel dann durch den Seiteneingang aus der Kirche hinaus.

Dominik stellte sich heroisch in die Menge und rief seiner verängstigten Gemeinde zu; *»Wir werden das Böse finden und wir werden es richten! Es ist kein Zufall, dass siebzehn Fremde in unser Dorf kamen! So, wie es auch kein Zufall ist, dass die Schlange den Apfel präsentierte! Der Teufel selbst ist herabgestiegen und versucht nun mit aller Kraft die saubersten und tugendhaftesten Ansammlungen an rechtschaffenen Menschen zu verseuchen! Aber wir werden es nicht zulassen! Am Ende wird Gott es sein, der uns ins gelobte Land führt! Nicht der Gefallene!«*

Während Daniel nach Hause lief, genoss er die Stille im Mondschein. Es war für ihn wie ein Gemälde aus einer glücklicheren und friedvollen Zeit. Einer Zeit, vor den Menschen.

Am folgenden Morgen besuchte Daniel den Bürgermeister Henry. Beide kannten sich schon viele Jahre. Henry war ein guter Freund seines Vaters gewesen.

Im Ratszimmer empörte sich Daniel; *»Henry! Bitte setze dem ein Ende! Wenn jetzt bald jeder mit einer Fackel auf Hexenjagd geht, ist bald niemand mehr sicher! Es wird unschuldige Menschen treffen! Von mir aus stellt die Fremden! Es soll eine Anhörung geben, aber kein Hexengericht!«*

Henry antwortete; *»Daniel! Du weißt, ich mochte deinen Vater! Er war für mich wie ein Bruder! Und ich habe gehört, du willst uns ohnehin bald verlassen! Ich könnte es aufschieben, aber wenn ich nun versuche, mich dem ganzen Dorf entgegenzustellen, dann bin ich der Erste, der hier gelyncht wird!«*

Daniel fragte weiter; *»Das Haus der Fremden! Wem gehört es?«*

»Das Haus gehörte einem Geschäftsmann! So hab ich es übermittelt bekommen! Einer der ältesten und wahrscheinlich ersten Häuser hier im Dorf! Vor etwa 70 Jahren wurde es erbaut!«, hatte Henry geantwortet.

Daniel wurde skeptisch und frage darauf; *»Du weißt doch noch mehr, Henry! Erzähl es mir!«*

Henry holte einmal tief Luft. Danach sprach er in einem leisen Ton; *»Daniel, ich mag dich und kenne dich schon sehr lange! Das ist wahrscheinlich der einzige Grund, wieso ich es dir erzähle! Aber dieses Gespräch bleibt unter*

*uns! ... Vor vielen Jahren erzählte man sich,
dass ein Wanderer aus dem Süden kam. Das
war kurz nach der Gründung unserer
Gemeinde. Er war einer der ersten Siedler.
Doch schon bald bemerkten die Anwohner,
dass etwas mit ihm nicht stimmte. Er ließ sein
Haus am anderen Ende der Schlucht erbauen.
Weit weg von allen andere. Es war und ist bis
heute noch das Einzige, dass ein Kellergewölbe
besitzt. Bei der Errichtung, so erzählt man,
wurden bei Vollmond Himmelsrichtungen
ausgemessen. Das gleiche Spiel, mit dem
Beigebäude! Er ließ ein Beigebäude bauen, das
nur für den Zweck dient, ein weiteres
Stockwerk zu tragen. Er hätte es auch auf das
stehende Gebäude bauen können, aber er ließ
sich deswegen noch einmal ein Beigebäude
bauen und das ohne Fenster! Es dauerte fast
zwei Jahre und als es dann fertig war, verließ
der Siedler das Dorf. Er verschloss die Tür und
ging dann einfach wieder. ... Irgendwann
kamen Gerüchte auf. Der Siedler wäre ein
Soldat oder so etwas gewesen. Andere
behaupteten, er wäre ein Geist, was völlig
absurd ist. Lange Zeit war das Thema für mich
uninteressant und ich wollte darüber auch
nicht reden. Bis vor zwei Jahren ein
Getreidehändler in unser Dorf kam. Zu der Zeit
warst du bei deinen Verwandten, wegen der*

Beerdigung deines Vaters. Als dieser Händler das Haus sah, erstarrte er vor Angst. Er hatte regelrechte Panik. Er suchte mich auf und bat mich darum, das gesamte Haus abzureißen. Ich solle es dem Erdboden gleichmachen und danach die Erde verbrennen, auf dem es stünde! Als ich fragte, Wieso?, antwortete er nur mit 'Weil sie kommen werden'«

»Wer soll kommen«, wollte Daniel wissen.

Henry entgegnete; *»Das weiß ich nicht! Das hat er auch nicht gesagt! Aber in mir regt sich der Verdacht, dass er unsere Fremden meinen könnte! Deswegen will ich Dominik nicht aufhalten, Daniel! Wenn tatsächlich eine Gefahr von ihnen ausgeht, dann müssen wir vorbereitet sein!«*

Im selben Moment stürmte ein Dorfbewohner durch die Tür. Mit lauter und verängstigter Stimme rief er; *»Bürgermeister, es tut mir leid! ... Aber bitte! Kommen sie!«* Er führte Henry, Daniel und die Wachleute in den Wald hinein. Etwa zweihundert Meter vom Dorf entfernt, kamen sie auf eine freie Fläche. *»Oh mein Gott!«*, sprach Henry. Die komplette Gegend war übersät mit Tierkadavern. Ihre Innereien bedeckten fast das komplette Areal. Bäume und Blätter waren mit Blut besudelt. Es lagen alle möglichen Waldtiere tot auf dem

Boden. Es gab Kaninchen, Rehe und Hunde.
Henry wandte sich an seine Wachleute mit den
Worten; »*Macht hier alles sauber! Niemand
darf es sehen!*«
Dann zog der Bürgermeister Daniel und den
anderen Dorfbewohner zur Seite und teilte
ihnen mit, dass sie darüber mit niemandem
sprechen sollten. Mit den Worten; »*Ich muss
jetzt Dominik aufsuchen!*«, ging Henry zurück
ins Dorf.

Am Abend bereitete Daniel wieder die
Taverne vor, obwohl er schon wusste, dass auch
an diesem Tag wieder die Glocken zur Predigt
geläutet werden würden. Kurz nach dem
Einbruch der Nacht liefen die fremden Männer
in ihren Gewändern wieder durch das Dorf
hindurch.
Es folgte eine ganze Reihe von Türschlägen, die
wie in einem Domino-Spiel nacheinander
durch das Dorf hallten. Ihr Ruf hatte sich in so
einer kurzen Zeit herumgesprochen und viele
fürchteten sie nun. Ihre Kapuzen bedeckten
fast das gesamte Gesicht. Man erkannte nur
noch die Finsternis dahinter. Viele der Bauern
verspürten zwar einen enormen Hass auf sie,
doch als die Gestalten dann an ihnen
vorbeiliefen, traute sich keiner, auch nur einen
Finger zu rühren. Jede Straße, die sie betraten,

leerte sich in wenigen Augenblicken. Dominik beobachtete das ganze Geschehen vom Kirchturm aus, bis er dann die Glocken läuten ließ.

Als der Saal dann gut gefüllt und diesmal selbst der Bürgermeister anwesend war, richtete sich Pfarrer Dominik wieder an die gesamte Gemeinde mit den Worten; »*Liebe Menschen! Fürchtet nicht die vorbeiziehenden Schatten! Fürchtet die Schatten, die unter uns sind! Ich kann euch nicht sagen, ob diese Fremden Hexerei betreiben, noch kann ich euch ihre Absichten darlegen! Aber ich kann mit großer Gewissheit zu euch sagen, dass sie nicht grundlos hier sind! Wir müssen den Peiniger in unseren eigenen Reihen finden! Jemand von euch hat sie vermutlich hier her geführt! Jemand von euch gab ihnen den Schlüssel zu diesem Haus! Jemand von euch unterstützt sie bei jeglichen Taten! Eine Konspiration in unseren eigenen Reihen!*«

Plötzlich empörte sich einer der Bauern und antwortete dem Pfarrer; »*Einer aus unseren Reihen? Was ist mich euch, Pater? Vielleicht habt ihr ja das Unheil in unsere Mitte gebracht! Wer sagt, dass wir euch vertrauen können? Wer sagt, dass nicht ihr und dieser Fettsack von Bürgermeister das Ganze nur inszeniert habt, um uns alle, wie die Idioten, zum Narren zu* halten!«

Ein Aufschrei ging durch den Saal. Henry blickte besorgt durch die Reihen. Während die Feindseligkeit im gesamten Saal weiter anstieg, versuchte Daniel an Dominik heranzukommen. Als Dominik dann rief; *»Liebe Gemeinde! Bitte beruhigt euch!«,* traf eine heftige Druckwelle die Kirche. Es ähnelte einer Erdbebenwelle und schüttelte den kompletten Saal durch. Plötzlich war es still geworden. Jeder Anwesende blickte verängstigt nach oben. Sie fürchteten, dass in wenigen Augenblicken die Kirche über ihren Köpfen zusammenbrechen könnte. Henry rannte zu Dominik und fragte ihn; *»Was geht hier vor?«*

Dominik wusste es selber nicht. Er blickte in die verängstigten Gesichter, als die Kirche eine zweite Druckwelle traf und sämtliche Fensterscheiben nach innen herein zerbrachen. Es flogen viele kleine Glasscherben durch den gesamten Saal. Henry rammte Dominik zu Boden, um ihn zu schützen. Daniel rollte sich vor dem Altar zusammen.

Nachdem alle Glasfragmente gelandet waren, erhob sich Dominik wieder und rief energisch; *»Ihr Narren! Seht und fürchtet den morgigen Tag! Satan ist nun endlich gekommen!«*

Daniel konnte die Vorgehensweise von Dominik zwar nicht verstehen, aber konnte jetzt

zumindest seine Denkweise nachvollziehen.
Das, was dort vor sich ging, war nicht natürlich.
Henry fragte Dominik; *»Was war das?«*
Dominik antwortete darauf; *»Eine
Kriegserklärung!«*
Der Pfarrer kletterte auf den Altar und rief der
Gemeinde vorwurfsvoll zu; *»Oh, die Nacht ist
finster, liebe Gemeinde! Der Teufel ist
gekommen und das war seine Botschaft!«*
Darauf verließen fast alle Bewohner die Kirche.
Voller Schreck rannten sie in ihre Häuser.
Henry sah Dominik skeptisch an, doch dieser
antwortete ihm; *»Lass sie nur gehen! Die
werden sich schon wieder beruhigen!«*

Am nächsten Morgen war die Stimmung noch
ziemlich angespannt. Die Menschen schienen
noch sichtlich verstört zu sein. Währenddessen
arbeiteten die besten Glaser und Maurer an der
Reparatur der Kirche, während Dominik durch
das Dorf ging und den Menschen etwas Trost
spendete.
Gegen die Mittagsstunden betrat Dominik dann
die Taverne. Mit einem kleinen Lächeln sprach
er zu Daniel; *»Hör zu, Daniel! Ich weiß, wir
waren nicht immer derselben Meinung! Ich
kann deine Skepsis verstehen! Glaub mir, das
tue ich! Aber es gibt Dinge, die wir nicht
verstehen können! Die wir nicht erfassen*

können!«

Daniel entgegnete zynisch; *»Ja, Menschen als Hexen zu beschuldigen und sie daraufhin hinzurichten, liegt in der Tat sehr fern von meiner Gabe Dinge zu verstehen! Eine Hexenjagd wird das Feuer nicht bekämpfen!«*

Dominik legte seine Hand auf die Schulter von Daniel. *»Du bist einer meiner ältesten Freunde, Daniel! Schon als Kinder waren wir immer die Entdecker! Irgendwann hörten wir auf zu entdecken und fügten uns unserem Platz in dieser Welt! Ich wusste aber, dass es da noch etwas gab! Etwas mehr, als wir sehen können! Viel mehr auf dieser Erde! Also studierte ich Theologie und kam hier her zurück! Erinnerst du dich an unsere Spiele? Wir haben Verbrecher gefangen! Wir wussten irgendwo tief in unseren Herzen, dass es nicht echt war, doch es war uns zu diesem Zeitpunkt nicht wichtig! Und jetzt stehe ich hier und will einen Verbrecher fangen! Ich spüre es, Daniel! Diesmal ist es echt! Ich möchte, dass du mir vertraust!«*, hatte Dominik gesagt.

Daniel fragte zurück; *»Es kostete doch schon vielen Unschuldigen das Leben! Wie kannst du so etwas auch nur in Erwägung ziehen?«*

Dominik antwortete; *»Es ist das Einzige, dass mir noch bleibt! Kein Gericht der Welt wird sie für ihre Taten zur Rechenschaft ziehen! Es ist*

*ein spirituelles Vergehen! Kein weltliches. Du
weißt, dass es echt ist, Daniel! Du weißt es! Du
hast es gesehen!«*

*»Versprich mir nur eines! Lass es nicht
ausarten! Ich bitte dich als dein Freund
darum!«*, sagte Daniel.

»Versprochen!«, hatte Dominik erwidert.

Beide reichten sich freundschaftlich die Hände.

»Und jetzt ... «, warf Dominik ein, *» ... hätte ich
gerne etwas von dem tollen Bier, von dem hier
immer alle reden!«*.

Währenddessen erreicht der Botenkurier das
Dorf. Er ging direkt ins Rathaus und übergab
eine wichtige Mitteilung an Henry. Sie kam von
der Diözese. Als Henry die Mitteilung las,
schickte er sofort jemanden los, um Dominik zu
holen.

Kurze Zeit später kam dieser aufgeregt ins
Rathaus.

»Was ist los?«, fragte Dominik.

Henry antwortete; *»Die Diözese hat mir
geschrieben, mit der Bitte, dir diesen Brief zu
übergeben!«*

Dominik öffnete das Kuvert und zog das
Schriftstück heraus. *»Ihr Ersuchen für die
Durchführung eines Hexenprozesses muss ich
leider ablehnen! Wir fordern von Ihnen eine
humanere Führung des Gotteshauses!«*

»Was bedeutet es für uns?«, fragte Henry. Ohne ein Wort zu sagen, verließ Dominik das Rathaus und wankte in die Kirche.

Am folgenden Abend läuteten die Glocken nicht mehr. Viele Anwohner gingen wieder in die Taverne oder unternahmen Spaziergänge durch das Dorf. Und so vergingen viele weitere Abende ohne Glockenschläge. Dominik sah man überhaupt nicht mehr im Dorf. Die Fremden hingegen schon. Jede Nacht gingen sie aus ihrem Haus, um das Dorf herum, in den Wald hinein. Dort verbrachten sie fast die ganze Nacht, ehe sie, vor den ersten Sonnenstrahlen wieder in ihr Haus zurückkamen.

Es waren nun fast drei Wochen vergangen, seit Dominik sich in seiner Kirche eingeschlossen hatte. Daniel machte sich langsam Sorgen. Nach den Mittagsstunden betrat er die Kirche durch den Seiteneingang. Er blickte durch den Saal, doch konnte Dominik nicht finden. Also ging er weiter in die Innenräume. Dort standen ganze Stapel Papiere, Skizzen und Bücher. Dominik saß zwischen ihnen.
»Ist alles in Ordnung?«, fragte Daniel.
Dominik erwiderte; *»Wie man es sehen mag!«*
»Die Menschen machen sich langsam Sorgen um dich! Nicht einmal der

Sonntagsgottesdienst findet mehr statt!«
»Wozu denn auch? Wir haben verloren!«
»Wie meinst du das?«, fragte Daniel.
»Glaubst du denn, dass es das war? Von ihrer Seite aus ... Nein, mein Freund! Wir haben es hier mit etwas viel Größerem zu tun!«
»Nun ja, bis, dass sie in den Wald gehen und kommen, sehen wir sie nicht mehr und seit dem ist auch nichts passiert!«
Dominik sah mit einem gebrochenen Blick zu Daniel und fragte; *»Daniel! Kennst du die Geschichte des Düsterfürsten Nicola?«*
»Ich bin mir nicht wirklich sicher! Er war doch ein Heerfüh...«
Dominik unterbrach mit den Worten; *»Ein Heerführer! Ja! Was weißt du noch?«*
»Nicht wirklich viel! Ist es denn wichtig?«, wollte Daniel wissen.
»Ich dachte, es geht hier um Satan und Opfer! Es ging nie darum!«, sprach Dominik enttäuscht.
»Worum denn dann?«, fragte Daniel.
Dominik blickte hinauf an die Decke und erzählte; *»Um den Orden Nicolas-Solohnja! Kurz nach dem Tod des Düsterfürsten, falls er denn überhaupt jemals starb, erschien in den westlichen und südlichen Ortschaften eine Zusammenkunft von Anhängern! In den meisten Landen wurden sie abgeschlachtet und*

zum Vergnügen an die Ortseingänge gehängt!
Als kleine Warnung an den Orden! Sie sollten
wissen, dass man Jagd auf sie machte! Also
flohen viele und kamen dabei sogar ums
Leben! Bis auf wenige! Diese landeten dann
hier in den östlichen Landen!«
»Und was willst du jetzt damit sagen? Die
Fremden gehören zum Orden?«, wollte Daniel
wissen.
Beraubt vom Lebenswillen, entgegnete
Dominik; *»Ich werde morgen dieses Dorf*
verlassen, Daniel! Das solltest du auch tun!«
Dominik stand auf, packte Daniel und umarmte
ihn. *»Geh von hier weg! Geh zu deiner*
Elisabeth! Es werden irgendwann viel
glücklichere und hoffnungsvollere Tage auf
dich zukommen! Aber du musst hier weg!«

Am nächsten Morgen versammelte sich eine
kleine Gruppe. Daniel, Henry und ein paar
andere Bauern waren zum Abschied vom
Pfarrer Dominik erschienen. Sein Pferd war
bereits gesattelt und die wichtigen
Aufzeichnungen gut verstaut. Dominik
umarmte Daniel ein letztes Mal und sprach zu
ihm; *»Ich wünsche dir wirklich das aller Beste,*
mein Freund! Hoffentlich sehen wir uns eines
Tages wieder!«
Dann stieg er auf sein Pferd und ritt davon.

Henry sah Daniel an, der seinen besorgten Blick erwiderte. Nun waren sie auf sich gestellt. Am Abend füllte sich die Taverne. Viele Dorfbewohner waren gekommen, um das Wochenende gebührend zu feiern. Es rollten Krüge am Boden und für viele wurde es zu einer Festlichkeit. Da es keinen Geistlichen mehr gab, der ihnen zur Seite stand, verloren die Dorfbewohner immer mehr die Kontrolle. Daniels Stimmung war an diesem Abend auch nicht sonderlich fröhlich gewesen. Er musste immer wieder an Dominiks Worte denken. Vielleicht wäre er besser auch schon auf dem Weg, dachte sich Daniel. Plötzlich stürmte der Viehhalter Bernhard durch die Tür der Taverne.

»Sie haben die Ziegen geschlachtet! Freunde! Es ist unglaublich! Sie haben alle dreißig Ziegen ausgeweidet und zerstückelt! Überall klebt Blut!«, rief er verstört in die Runde. Der Pöbel empörte sich. Einer der wütenden Bauern rief; *»Dann wird es jetzt Zeit, sie ein für alle Mal zu richten! Kommt Leute!«*
Mit diesen Worten mobilisierte sich in kurzer Zeit ein angetrunkener Mob. Sie führten Fackeln und Metallbolzen mit sich. Daniel rannte zum Haus von Henry und setzte ihn darüber in Kenntnis. Dieser blickte zunächst ungläubig aus dem Fenster, doch dann sah er

den wütenden Mob durch das Dorf ziehen.

An der Tür des Hauses der Fremden formierten sich vier starke Männer. Mit gezielten Tritten schmetterten sie die Eingangstür auf. So strömten fast zwanzig Mann in das Haus hinein. *»Kommt heraus, ihr Bastarde!«* und *»Ihr verdammten Schweine!«*, riefen die aufgebrachten Bauern durch die Behausung. Wenig später bemerkten sie jedoch, dass niemand da zu sein schien. Die Möbel waren alle eingestaubt und das Geschirr war unberührt. Ein paar der Männer stellten sich oben auf die letzte Treppenstufe und sahen in die Finsternis hinein. *»Hier sind sie auch nicht!«*, sagte einer von ihnen, worauf sie die Treppe wieder hinuntergingen. Einer bemerkte einen eigenartigen Gestank. Er lief dem Geruch hinterher. Dieser führte zur Kellertür. Kurzerhand wurde diese auch aufgebrochen. Dahinter befand sich eine Treppe. Diese hatte einen unheimlichen Farbton und die Steine entlang der Stufen wirkten, als wären sie aus der Hölle selbst importiert gewesen.

Die Ersten gingen mit ihren Fackeln hinunter, während die Luft um sie herum immer stickiger wurde. Ein bedrückendes Gefühl umhüllte alle Anwesenden. Als wäre jeder glückliche Moment aus ihren Erinnerungen plötzlich verschwunden. Es war nur noch

Dunkelheit geblieben. Dann machten die Männer eine schockierende Entdeckung. Siebzehn Leichen lagen auf dem Boden des Kellers. Der Verwesungsprozess hatte schon lange begonnen. Käfer und andere Maden hatten sich ihre Leiber zu einem neuen Zuhause gemacht. Siebzehn Mann lagen sie in einem Pentagramm aus Blut. In diesem Moment kamen auch Henry und Daniel dazu. *»Was in Herrgotts Namen!«,* kam Henry über die Lippen. Niemand konnte das Geschehen glauben und es brauchte einiges an Überwindung, überhaupt hinzusehen. Einige der Bewohner übergaben sich sogar.

In den frühen Morgenstunden luden die Dorfbewohner, unter der Aufsicht von Henry, die siebzehn toten Fremden auf Karren und brachten sie in den Wald. Sehr weit vom Dorf entfernt, gab es eine geeignete Lichtung. Dort hoben sie siebzehn Gräber aus und bestatteten die Fremden. Für viele war es sehr bizarr, aber jetzt hatten sie immerhin keine Probleme mehr mit ihnen. Daniel verfolgte das Ganze mit Abstand. *»Ich hoffe, dass es jetzt vorbei ist!«,* meinte Daniel. Henry erwiderte; *»Das tue ich auch!«*

Auf dem Weg zurück in das Dorf waren

alle Beteiligen ziemlich deprimiert. Jetzt, da die Fremden tatsächlich tot waren, tat es vielen unter ihnen leid. Doch es gab viele offene Fragen. Fragen, die vermutlich nie eine Antwort finden würden. *Was wäre, wenn die Fremden nicht die Schuld an dem trugen,* dachten sie sich.

Zur selben Zeit war Dominik in der Stadt angekommen. Er hatte zwar kaum geschlafen, doch musste dringend zum Bischof. Mit Eile und Drängen holte man dann den Bischof aus dem Bett.

Dieser fragte verwirrt und schlaftrunken; *»Pater Dominik! Was kann ich für dich tun, zu dieser ausgesprochen frühen Stunde!«*
Dominik antwortete; *»Ihr lehnt mein Ersuchen auf einen Prozess ab! Wieso?«*
»Nun, es gibt viele, die meinen, diese Art der Vorgehensweise wäre äußert barbarisch und nicht mehr wirklich zeitgemäß! Für die Umsetzung einer solchen Maßnahme bedarf es hier mehr als nur Vermutungen! Wanderer und Fremde gibt es zur Genüge! Gerade im Winter! Es ist kalt draußen, Dominik! Die Menschen suchen nach Sicherheit!«, erwiderte der Bischof.
»Ich glaube, was da vorgeht, übersteigt die Vorstellungskraft aller! Selbst unsere!«, setzte

Dominik nach.

Der Bischof fragte leicht verärgert; *»Jetzt aber! Lass uns in Anbetracht der Lage direkt zueinander sprechen, Dominik! Du kommst hier in Herrgottsfrühe herein und erwartest, dass ich dir die Befähigung erteile, siebzehn Männer zu foltern und eventuell sogar hinzurichten, mit nichts weiter als Vermutungen?«*

Dominik entgegnete; *»Es ist wahr, Bischof! Ich habe Grund zu der Annahme, dass Nicolas-Solohnja aufgetaucht ist! Sie sind hier!«*

»Dominik! Ich dachte, du kommst hier her mit belegbaren Fakten und nicht mit diesen Märchengeschichten! Nicola war zu Lebzeiten keine Bedrohung für uns, also wird er es jetzt auch nicht mehr werden! Was auch immer dort vorgehen mag, hat sicher eine vernünftige Erklärung! Vielleicht hast du einfach ein zu großes Misstrauen!«

»Es ist kein Märchen, Bischof! Das Haus wurde vom Orden erreichtet! Ich habe es selbst herausgefunden! Da geht etwas Schreckliches vor!«

»Dominik! Ich merke, dass dir die Wälder nicht gutgetan haben! Ich entziehe dir hiermit die Zuständigkeit als Geistlicher für dieses Dorf! Und damit hat sich jetzt das Thema! ... Weißt du was? Ich denke, ich hab schon das perfekte Ziel

deiner nächsten Reise gefunden! Es kam
gestern noch ein Ersuchen herein. Ich schicke
dich nach England! In ein Kloster! Dort kannst
du zur Ruhe kommen oder auch deine
Fantasiegeschichten weiter zusammen
spinnen, aber weißt du was, Dominik? Da
kannst du anderen auf die Nerven gehen!«
»Aber ... Und wer soll anstatt Meiner zum Dorf
zurückkehren?«
»Jetzt im tiefen Winter? Glaubst du, ich bin ein
Zauberer? So schnell keiner! Im Frühling werde
ich dafür auch eine Lösung finden! Und jetzt
Pater Dominik, würde ich vorschlagen, zu
packen!«

Dominik verließ daraufhin enttäuscht die
Gemächer des Bischofs.

Bei Sonnenaufgang waren die Männer aus dem
Dorf wieder am Ortseingang angekommen. Da
bemerkten sie plötzlich den aufsteigenden
Rauch. Allesamt rannten sie in das Dorf hinein
und mussten voller Schreck feststellen, dass die
Vorratskammer der Gemeinde brannte. Darin
befanden sich alle möglichen Lebensmittel, die
den Winter über als Nahrung dienen sollten.
Trotz schnellem Löschvorgangs konnte nichts
mehr gerettet werden. Daniel fragte Henry;
»Wie viele Lebensmittel haben wir noch?«.

Henry antwortete bestürzt; *»Für ein paar Wochen! Höchstens!«*

Am selben Abend öffnete Daniel die Taverne wieder. Doch es herrschte keine gute Stimmung mehr. Die Gäste saßen alle betrübt vor ihren Krügen und es gab kaum eine Unterhaltung. Jeder dachte nur noch an die kommenden Tage und Wochen. Henry saß ebenfalls unter ihnen. Doch selbst mit einem Ehrengast wie dem Bürgermeister gab es kaum Gesprächsstoff.

Plötzlich läuteten die Glocken. *»Das ist nicht möglich!«*, sprach Daniel verwundert und hoffte, dass Dominik wieder zurückgekehrt wäre. Sie rannten allesamt aus der Taverne. Doch der nächste Schock folgte darauf.
Die Kirche stand in Flammen. Es war nicht nur die Fassade. Große und dichte Flammen hatten die gesamte Kirche eingeschlossen. Die Glocken läuteten weiter, als würde jemand immer und immer wieder an den Seilen ziehen.

»Was sollen wir jetzt tun, Henry!«, wandte sich Daniel an den Bürgermeister. Dieser rannte anschließend vor die Kirche und rief den anderen zu, sie sollen so viele Eimer mit Wasser füllen, wie sie finden können. Daniel blickte von der Ferne in die Flammen und bemerkte, diese eigenartige Präsenz. Er

ahnte, dass etwas mit dem Ganzen nicht stimmen konnte. Die Flammen umarmten jeden Balken und jede Verzierung an der Fassade der Kirche und doch stürzte weder etwas ein, noch fiel etwas in sich zusammen. Die Klänge der Glocken veränderten sich schlagartig. Sie folgten einem bestimmten Rhythmus. Es war eine düstere Ballade, die nicht von dieser Welt zu sein schien. Das Feuer hatte das Innere schon vollständig eingenommen. Niemand wäre jetzt in der Lage gewesen, an den Seilen der Glocken zu ziehen. Das war etwas anderes.

Als die letzten Anwohner vor die Kirche rannten, schwangen die massiven Bronze-Glocken so stark, dass plötzlich eine davon, aus der Halterung brach und in die Menschenmenge stürzte. Daniel konnte zwar noch Henry von der Aufprallstelle hinweg rammen, doch für fünf Männer kam jede Hilfe zu spät. Sie wurden unter dem Gewicht begraben. In diesem Moment war jeder Anwohner geschockt. Eine Angst ging um. Henry lag auf dem Boden und blickte, zusammen mit Daniel, in die Flammen. Das Bild einer untergehenden Welt spiegelte sich in den Augen aller Anwesenden.

Als die ersten Dorfbewohner Wasser in

die Flammen schütten wollten, passierte etwas Unerklärliches. Das Feuer erstickte binnen weniger Sekunden praktisch von alleine. Nun füllte sich das gesamte Gebäude mit schwarzem Rauch. Es ähnelte dem letzten Abgang einer Naturgewalt. Die letzten Trümmer eines Sturms.

Als sich der Rauch vollständig verzogen hatte, sahen sie das Innere der Kirche. Plötzlich schrie einer der Bauern. Angst ging erneut um. Es hingen zwei verkohlte Leichen an den Seilen der Glocken. *»Welcher Mensch tut so etwas?«*, rief Henry erschüttert in die Runde.

Daniel zeigte mit dem Finger den Hang hinauf zum Waldeingang. *»Henry! Dort!«*, sagte er verängstigt.

Die siebzehn Mönch-Gestalten standen in einer Reihe am Ortseingang und sahen auf die Kirchen und das Dorf nieder. Wie Richter, die auf Angeklagte hinunterblicken, nachdem sie ihr Urteil verkündet hatten. Ohne Zeit zu verlieren, drehten sie sich nacheinander um und liefen in den Wald hinein.

Ein Dorfbewohner kam angerannt und rief; *»Henry! Das Haus von denen! Die Tür steht offen!«*

Daraufhin sagte Daniel; *»Vier von uns haben ihre Haustür aufgebrochen, drei ihre Kellertür – Macht sieben Mann! Fünf von uns starben* unter der Glocke und zwei am Glockenseil! Macht sieben Mann!«

»Sie haben sich verabschiedet!«, führte Henry verärgert weiter.

Als diese grauenvolle Nacht ihr Ende fand und der nächste Morgen aufging, versammelte der Bürgermeister alle Bewohner vor der Kirche und hielt eine Ansprache.

»Liebe Gemeinde! Ich weiß, das waren schreckliche Wochen und wir haben sieben unserer Freunde und Familienmitglieder verloren! Wir werden sie beweinen und wir werden trauern! ... Aber was noch viel wichtiger ist, wir werden überdauern! Sie haben dieses Dorf verlassen und sich in die Wälder zurückgezogen! Das heißt, diese sind jetzt noch gefährlicher geworden! Bitte meidet die Waldwege! Zumindest diesen Winter! Ich würde ja fast so lächerlich klingen und sagen, dass diese Wälder nun verflucht sind, aber ich befürchte, dass sie das schon immer waren!«

»Aber wo sollen wir jetzt neue Vorräte herbekommen?«, fragte einer der Bauern.

»Ich werde mich darum kümmern! Ich werde versuchen, mit der Stadt Kontakt aufzunehmen, und dann werden wir weiter sehen! Wir müssen jetzt zusammenhalten! Das *ist sehr wichtig! Sonst werden wir es nicht schaffen!«*, sprach Henry tröstend.

Plötzlich unterbrach Daniel; *»Was mir noch nicht in den Kopf will, ist Folgendes! Wir haben sie aus dem Keller geholt! Sie waren tot, Henry! Wir haben ihre Körper begraben! Wer trug dann die schwarzen Roben in der gestrigen Nacht?«*

Die Bekenntnisse des Dominik Dargell

Es war eine finstere, regnerische Nacht. Vier Männer geleiteten Pfarrer Dominik Dargell zu seiner Anhörung in das Ordenshaus der Diözese. Elf Winter waren vergangen, seit er das gegenwärtige Britannien betreten hatte. Natürlich war Dominik misstrauisch geworden. Eine Anhörung mitten in der Nacht war normalerweise nicht üblich. So gingen die Bischöfe und Kardinäle gewöhnlich nur mit Sachverhalten um, die von der Kirche als besorgniserregend eingestuft worden waren. Die Männer öffneten eine massive Holztür. Im Raum dahinter befand sich eine lange Tischtafel aufgestellt. An dessen Ende saß der Bischof. Mit den Worten; *»Schon gut! Ihr dürft jetzt gehen!«,* schickte er die vier Männer aus dem Raum.

»Dominik Dargell! Sie wissen, wieso ich Sie hier herholen ließ?«, fragte der Bischof.

»Ich kann es mir denken, Bischof!«, entgegnete Dominik.

»Unter Ihrer Aufsicht und heiligen

*Verantwortung stand dieses eine Dorf im
Osten! Warten sie ...«,* äußerte sich der Bischof
und suchte ein paar Schriftstücke heraus.
»Slohna!«, warf Dominik ein.
Der Bischof dachte kurz nach und fragte
darauf; *»Nun gut! Dann eben dieses Slohna! Sie
ersuchten damals die zuständige Diözese um
eine Einwilligung! Ein Hexenprozess! Stimmt
das?«*
»Ja! Das ist richtig!«
*»Und wieso taten Sie dies? Was gab Ihnen den
Anlass für so ein Ersuchen?«*
*»Kurze Zeit davor kamen Fremde in das Dorf!
Daraufhin begannen Tieropfer und Rituale! Es
gab unerklärliche Phänomene, die mit keiner
Wissenschaft erklärt werden konnten!«*
Der Bischof fragte anschließend; *»Und Ihre
erste Reaktion war dann, die Hinrichtung der
Fremden anzufragen?«*
*»Bischof! Bei allem gebührenden Respekt, aber
Sie waren nicht dort! Vielleicht war es eine
falsche Herangehensweise, doch ich wusste,
dass schnell etwas getan werden musste!«*
Der Bischof überlegte einen kurzen Moment.
*»Wie ging es Ihnen, als Sie erfahren hatten,
dass Slohna einer Pest erlegen ist!«,* hatte er
gefragt.
Dominik antwortete; *»Diese Menschen waren
meine Familie! Ich wuchs mit ihnen auf! Wie*

denken Sie, ist es mir ergangen?«
»Denken Sie, dass Sie sie hätten retten
können?«, wollte der Bischof wissen.
»Darüber bin ich mir nicht sicher, Bischof! Im
Gegensatz zu allen anderen wusste ich aber,
wer oder was der Feind war! Ich hätte es
zumindest versucht!«
Der Bischof bemerkte einen gewissen
Glaubenskonflikt in Dominik. Er sprach ihm
die Worte zu; »Die Menschen, die Frommen,
die nicht so Frommen hatten immer nur einen
Feind! Und das immer schon! Alles andere ist
absurd!«
Dominik verschnaufte kurz. Darauf brach er
sein Schweigen mit den Worten; »Was wäre,
wenn das Böse nun mehrere Lager hätte?«
»Dominik! Das ist völlig unmöglich! Überdenke
deine Worte bevor du sie aussprichst!«
Doch Dominik legte energisch nach; »Bis jetzt
ging die Kirche immer davon aus, dass das Böse
unsichtbar ist und aus dem Verborgenen
angreift! Was aber, wenn das nicht mehr so ist?
Was wäre, wenn jemand den unsichtbaren
Konflikt in einen sichtbaren Krieg verwandelt
hätte?«
»Ein Kontrakt? Deine Geschichte wird immer
absurder! So etwas gibt es nicht!«, empörte sich
der Bischof.
Dominik führte weiter; »Bischof, die sieben

*Siegel offenbaren das Ende und ich glaube,
dass es so langsam der Fall ist! Die Bibel klärte
uns vor Jahrtausenden auf! Aber Bischof, 2000
Jahre sind eine lange Zeit! Ich glaube, dass sich
die Pläne geändert haben! Wieso sollte das
Böse genauso handeln, wie es schon immer
beschrieben wurde? Wieso sollte jeder wissen,
dass, wenn der Teufel an die Tür klopft, es auch
wirklich der Teufel ist? Wieso sollte der Teufel
nicht eine Hintertür suchen, um das Ende
einzuleiten?«*

Der Bischof stand vor Wut auf und rief; *»Das ist
blasphemisch! Wie kannst du es nur wagen,
dich über die Heilige Schrift zu stellen?«*

Dominik erklärte weiter; *»Bischof! Man redet
immer von der Ankunft des Antichristen, wenn
es um das Ende der Welt geht! Was wäre aber,
wenn der Antichrist gar nicht mehr zu kommen
braucht? Was wäre, wenn er einen geeigneten
Stellvertreter auf Erden gefunden hätte, der die
Endzeit nicht nur vorbereitet, sondern sie auch
ausführen wird?«*

Der Bischof sah Dominik in die Augen und
sprach; *»Dominik! Es reicht! Wenn du weiter so
redest, darfst du das restliche Jahr in der Küche
Kartoffeln schälen!«*

Dominik war zwar etwas verärgert, aber die
Tatsache, dass ihm niemand glaubte,
überraschte ihn nicht sonderlich.

Dominik fragte; »*Wieso haben Sie mich hier hergerufen?*«

Der Bischof antwortete; »*Die Diözese hat uns den Auftrag geschickt, dich noch einmal über die Vorfälle auszufragen! Es ist scheinbar eine Sache äußerster Dringlichkeit! Aber wunder dich nicht! Das kann nun mal vorkommen, wenn ein Glaubensbruder zum Lynchmord aufruft oder danach um Erlaubnis fragt! Man rätselt über deine Eignung! Aber keine Sorge! Bis auf Phantasmen, über die Fremden, die bekanntlich auch in Slohna gestorben sind, so viel übrigens zu deinen Schuldzuweisungen, sehe ich keine Einschränkungen in deiner geistigen Verfassung für die Kirche! Du darfst jetzt gehen! Aber bei meinem Wort, Dominik! Solltest du es mit deinen Wahnvorstellungen übertreiben, werde ich persönlich dafür sorgen, dass man dich nach Neuengland schickt!*«

Mit den Worten »*Ich verstehe!*«, verabschiedete sich Dominik und wurde anschließend in sein Zimmer zurückgeführt. Dominik hatte nie aufgehört, nach Antworten zu suchen, und das hatte die Kirche misstrauisch gemacht.

Gegen die Morgenstunden suchte er die Bibliothek auf. Thomas, der Bibliothekar, war einer seiner ältesten Freunde im Kloster gewesen. Nach Nicola hatte Dominik ihn zuvor aber noch nie gefragt. Das sollte sich nun ändern.

»Hey, Thomas! Wie geht es dir?«, begrüßte ihn Dominik. Thomas erwiderte; *»Heute ganz passabel! Wie geht es dir? Wie kann ich dir helfen?«*

Dominik ging nah an Thomas heran und sprach ganz leise; *»Hör zu, ich suche Informationen über einen Fürsten aus Litauen! Kann sein, dass er nie offiziell ein Fürst war, aber es wurden Kriege geführt! Irgendwas muss also existieren! Ich fand aber bisher nichts!«*

Thomas dachte kurz nach. *»Hmm, da muss ich einmal nachsehen! Ein Fürst aus Litauen also? Wie hieß er denn?«*, wollte er wissen.

Dominik entgegnete; *»Ich weiß nur, dass er mit Vornamen Nicola hieß! Und scheinbar nannte man ihn den Düsterfürsten der Ostlande!«*

Thomas wurde daraufhin etwas still. Er rang mit sich selbst und antwortete darauf; *»Hör zu Dominik! Ich mag dich, tue ich wirklich, aber das ist vielleicht eine Nummer zu groß für uns, hm?«*

»Es sind Menschen gestorben, Thomas! Viele davon waren meine Freunde! Sie waren meine Familie! Da ich sie retten wollte, ging ich fort! Ich wollte die Diözese überzeugen! Aber ich habe sie nicht gerettet! Am Ende habe ich nur

mich selbst gerettet! Ich muss wissen, was da vor sich ging, Thomas! Es geht hier mehr als nur um dich und mich! Bisher fand ich selber nichts, sonst hätte ich dich nie in diese Lage gebracht!«, sagte Dominik emotional.

Thomas erwiderte im ruhigen Tonfall; »Der Bischof und auch der Bischof davor warnten mich vor einiger Zeit, dass jemand kommen und womöglich Fragen stellen würde! Ich solle ihm bei seinen Nachforschungen nicht helfen! Worauf ich meinte, dass ich sowieso nichts wüsste! Sie dankten mir für meine Zusammenarbeit und gingen wieder! Natürlich wurde ich misstrauisch! Ich forschte selber nach und weißt du was? Genau wie du! Nichts! Und dann irgendwann sah ich es! In einem privaten Archiv müssten vierundzwanzig gebundene Bücher stehen! Tun sie aber nicht! Es sind nur dreiundzwanzig Bücher! Ich bin die Liste und die Bücher mehrere Male durchgegangen! Immer fehlte eins! Das Buch ist laut dem Register eine Abschrift gewesen! Kein Original! Es war nur eine Kopie eines deutlich älteren Buches! Eines ausländischen Buches! Scheinbar hatte jemand hier eine Abschrift gelagert und sie wurde aus Versehen mit in das Register geschrieben! Soweit ich weiß, fehlt dieses Buch schon seitdem ich hier angefangen habe! Das war vor etwa

zweiundzwanzig Jahren! Ansonsten kann ich
dir wirklich nicht viel sagen, außer, dass ein
Buch fehlt!«
Dominik fragte; *»Das heißt, dieses Buch fehlt*
mindestens zweiundzwanzig Jahre?«
»Ich vermute, deutlich länger!«, hatte Thomas
gesagt.
»Nun gut, mein Freund! Bitte sag keinem, dass
ich hier war!«. Mit diesen Worten bedankte sich
Dominik und verließ die Bibliothek. Viel weiter
hatte es ihn zwar nicht gebracht, aber jetzt
wusste er wenigstens, dass die Bischöfe etwas
verbargen.

     Die folgenden Nächte wurden zu einer
Qual. Die Zeit schien stehen geblieben zu sein
zwischen den Mauern des Klosters. Weder der
Schlaf, noch das Wachsein waren mehr sicher.
Das Kloster selbst, würde zwar niemanden
ermorden lassen, doch wenn es ein
Ordensmitglied von Nicola irgendwie geschafft
haben sollte, dieses Kloster zu leiten, wäre es
ihm ein sehr leichtes Spiel gewesen, dachte sich
Dominik. Dem Bischof konnte er es zwar nicht
nachweisen, aber der Verdacht stand im Raum.
Die weitere Frage wäre für ihn gewesen, wie
das hätte sein können. Wie konnte jemand wie
er, ein Mann Gottes, sich so für das Böse
entscheiden. Wie es schon in seiner eigenen

Predigt hieß, waren alle Menschen Sünder. Dominik dachte lange darüber nach, bis er dann gegen die frühen Morgenstunden einschlief.

Währenddessen bekam der Bischof einen Brief aus Rom. Er war mit dem Siegel des Papstes versehen. Beim dämmernden Licht des Kaminfeuers öffnete und las der Bischof die Worte aus der Heiligen Stadt. Darin wurde mit Furcht kundgetan, dass jemand aus seinem Kloster auf die Fährte der Abschriften gekommen sei. Mit der Bitte, sich darum zu kümmer, endeten die Zeilen aus Rom. Der Bischof zerknüllte den Brief und warf ihn anschließend in die Flammen.

Am nächsten Morgen schien es so, als wäre die Welt wieder in Ordnung. Seit einer langen Zeit schien die Sonne das erste Mal wieder. Alles ging seinen gewohnten Gang. Die Nonnen des Klosters schritten die Steinwege der Einrichtung entlang. Die Geistlichen versammelten sich und philosophierten über die Welt und das Leben. Dominik blieb den Treffen oft fern. Die meiste Zeit verbrachte er in den Gärten vor der Bibliothek oder in seinen eigenen Räumlichkeiten.
Als Dominik dort draußen wieder seine Muse

suchte, gesellte sich der Bischof hinzu.

»Wie ist es dir so ergangen, Dominik!«, wollte er wissen.

»Bischof! Ich will Sie nicht von Ihren wertvollen und wichtigen Pflichten abhalten! Es ist kaum der Rede wert!«

»Mir scheint es so, als wäre ein gewisses Misstrauen aufgekommen! Sei dir gewiss, Dominik! Alles was ich tue, tue ich zu deinem Wohl!«, sagte der Bischof.

Dominik nutzte diesen Moment und ersuchte den Bischof mit den Worten; *»Wenn möglich, würde ich gerne zurückkehren, Bischof! Zurück nach Litauen! Vielleicht besuche ich Slohna und finde meinen Frieden!«*

Der Bischof dachte kurz nach und erwiderte; *»Ich kann dich verstehen, Dominik! Glaub mir, das tue ich! Aber dort gibt es nichts mehr für dich! Dort wirst du keinen Frieden finden! Wenn du diesen Ort betrittst, habe ich die Sorge, dass du womöglich deine Seele verlieren wirst! Aber, wenn wir schon gerade von deiner Suche reden! Du suchst scheinbar nicht nur den Frieden in dir, wie ich hörte!«*

Dominik entgegnete skeptisch; *»Ich suchte ein Buch über die großen Eroberungen! Ich bin ein großer Bewunderer der modernen Geschichte!«*

»Tja, das ist eine wunderbare Sache, nicht

wahr, Dominik?«

»Geschichte und Literatur, Bischof! Die Wunderbarsten!«

»Nun gut, informiere mich das nächste Mal, wenn ich dir auf deiner Suche helfen kann!«

»Das mache ich, Bischof! Und haben Sie vielen Dank!«

Nach einem kurzen und schnellen Handschlag verließ der Bischof die Gärten wieder. Dominik verweilte noch etwas in seinen Gedanken. Womöglich war der Besuch gerade als Einschüchterung gedacht gewesen. Doch Dominik konnte die Suche nicht einfach so beenden. Er war es Daniel schuldig, die Geschehnisse aufzuklären. Sonst hätte das Böse schon längst gewonnen, dachte sich Dominik.

Es vergingen viele weitere Winter im Kloster. Dominik forschte zwar im Verborgenem weiter, doch es waren immer wieder Sackgassen. Die einzelnen Informationen schienen immer wieder ins Leere zu laufen.

In all der Zeit hatte sich viel im Kloster verändert. Viele neue Pfarrer und Nonnen waren gekommen, viele waren verstorben. Es gab sogar eine neue Leitung. Der alte Bischof verstarb an einem Virusfieber. Ob Dominik nun sicherer als zuvor war, wagte er zu bezweifeln, aber immerhin hatte ihn der neue Bischof mit der Pflege und Wartung der Bibliothek beauftragt. Somit bekam er genug Gelegenheiten, alte Schriften zu studieren. Außerdem konnte er so auch viel Zeit mit Thomas verbringen.

Dieser kannte mittlerweile die Geschichten aus Slohna. Dominik schilderte ihn über die Jahre viele Erlebnisse von dort. Als Thomas dann fragte, wieso Dominik das Dorf Slohna nennen würde, obwohl dies ja gar nicht der richtige geographische Name dafür wäre, entgegnete Dominik mit den Worten; *»Sie haben dieses Dorf sozusagen erobert! Wenn ein Eroberer etwas erobert, tauft er es um! Meistens auf etwas in seiner Heimatsprache! Das Dorf Slohna, - die Gefolgten - , zu bezeichnen, erschien mir da passend!«*

Es war ein lauer Sommertag, als die beiden wieder in der Bibliothek saßen. Dominik blätterte die Seiten eines britischen Geschichtsbuches durch. Er schien sehr betrübt zu sein, also fragte Thomas nach. *»Was ist los?«* Dominik seufzte. *»Britannien weitet sich immer weiter aus! Sie brachten uns sogar über das große Meer! Doch in ihrem Fortschritt sehen sie den Feind in ihren Reihen nicht!«*, hatte er geantwortet.

»Vielleicht wird ja alles am Ende gut, hmm?

*Kann doch sein, Dominik! Vielleicht weichen
irgendwann die dunklen Wolken und diese Welt
erstrahlt aufs Neue!«,* sprach Thomas tröstend.

Obwohl eine gewisse Idylle im Kloster
geschaffen war und sich Dominik wohl dabei
fühlte, sollte es nicht von Dauer sein. Einige
Monate später, im tiefen Winter, erreichte
Dominik eine schockierende Nachricht.
Thomas war im Hospital verstorben. Ein paar
Tage zuvor brachte man ihn auf die
Krankenstation aufgrund einer schlimmen
Infektion. Er verbrachte seine letzten Tage in
einer Quarantäne. Diese Nachricht deprimierte
Dominik. Auch wenn Thomas mittlerweile
schon sehr alt gewesen und es deswegen
abzusehen war, hatte Dominik nun einen guten
Freund verloren.
Ein paar Tage später folgte die Beerdigung.
Dominik stand dort, als zwei Priester zum Alter
schritten. Sie schwangen Weihrauch und
segneten ihren Weg. Der Sarg von Thomas
stand offen, so konnte sich jeder von ihm
verabschieden. Dominik stand ganz vorne und
war in seinen Gedanken versunken.
Als alle Anwesenden der Trauerfeier gegangen
waren, schritt er alleine vor zum Sarg und legte
seine Hand auf die Brust von Thomas. *»Ich
werde die Wahrheit finden, das verspreche ich*

dir!
Ich werde dir immer für deine Freundschaft
und deine Güte dankbar sein! Als ich hier
herkam, war ich ein Nichts! Ich dachte,
womöglich hätte ich den Verstand verloren! Es
war möglich! Aber du dachtest so wie ich und
ab da wusste ich, dass ich nicht gänzlich
verloren war! Ich werde dich nie vergessen,
mein Freund! Mögest du Frieden finden, wo
auch immer du gerade bist!«, seufzte Dominik.

Es waren einige Tage vergangen. Die letzten
Blätter wurden fortgeweht und die kalten
Winde erreichten die Nordküsten. Die dunkle
Jahreszeit zog ein und trübte die Gemüter.
Dominik klopfte an der Tür des Bischofs und
bat um ein persönliches Gespräch.
Dieser begrüßte ihn mit einer tiefen
Anteilnahme; *»Dominik! Es tut mir leid, das*
mit Thomas! Er war ein guter Mann! Ich weiß,
ihr standet euch ziemlich nahe! Ihr habt beide
die Bibliothek geführt! Und das fast zehn Jahre
lang!«
Dominik erwiderte; *»Danke, Bischof! Ja, er war*
für mich ein besonderer Mensch! Wie ein
leibeigener Bruder!«
»Streng genommen sind wir doch alle Brüder
und Schwestern, Dominik! Die Jungen, wie die
Alten! Die Reichen, wie die Armen! ... Wie

kann ich dir helfen, Dominik? Du suchst mich bestimmt nicht nur auf, um über deinen Kummer zu sprechen!«

»Das stimmt, Bischof! Ich werde von hier fortgehen! Irgendwie wollte ich dafür Ihren Segen!«

»Was ist passiert, Dominik?«

»In den vergangenen Jahren lernte ich, dass mir jeder Schritt, den ich im Dienste Gottes ging, mehr Seelenfrieden brachte, als jeder andere ohne Licht! Ich verließ Slohna mit der Hoffnung, sie alle retten zu können, doch das tat ich nicht. Ich ließ Daniel zurück! Jetzt durch den Tod von Thomas wird mir einiges klar! Es geht mir nicht mehr um Kämpfe und Zwietrachten! Es geht mir um meinen Seelenfrieden! Ich muss zurück und erfahren, was passiert ist! Ich muss mich selbst vergewissern! Ich bin ganz besonders mir diese Antwort schuldig, Bischof!«

»Ich kann deinen Ärger und deinen Zorn verstehen, Dominik! Aber du darfst dir nicht selber die Schuld an allem geben! Du hast niemanden im Stich gelassen! Wir Menschen besitzen die Gabe der Errettung nun mal nicht! Das kann nur der Glaube an Gott! Natürlich gibt es offene Fragen und es wird sie auch weiterhin geben! Manche Fragen haben keine Antwort, Dominik! Wieso Adam und Eva? Was hat sie

ausgemacht? Hätte es nicht Marcus und Helen sein können? Manche Dinge passieren jenseits von Gründen und Erklärungen! Verliere dich nicht in einer Person, die du nicht bist!«
»Diese Frage hat eine Antwort, Bischof!
»Und wie lautet diese Frage, Dominik?«
»Wie konnte das Böse auf diese Welt kommen? Vor unser aller Augen!«
»Von was sprichst du, Dominik?«
»Was es tatsächlich mit Nicolas-Solohnja auf sich hat!«
»Obwohl ich es ungern sehe, dass ein Ordensmitglied uns verlässt, bin ich doch ein Mensch, der andere Menschen mit Idealen schätzt! Wenn du tatsächlich glaubst, dass du rausmusst, um eine Antwort auf deine Fragen zu finden, dann geh! Geh mit Gott an deiner Seite, Dominik! Ich wünsche dir viel Glück auf deiner Reise!«, sagte der Bischof und stand dabei auf. Er legte seine Hand auf Dominiks Schulter und meinte; »Solltest du irgendwann wieder an unseren Ufern landen, dann bitte besuche uns! Teile mit uns deine Geschichten! Denn wir sind alle nur Wanderer in diesem Leben!«
»Das werde ich machen, Bischof! Ich danke ihnen von Herzen!«, hatte Dominik gesagt. Anschließend umarmten sich beide zum Abschied.

Am Abend verließ Dominik das Kloster und kaufte sich eine Überfahrt auf einem Schiff. Er hatte schon so viel Zeit verloren, dass er es kaum erwarten konnte, nach Slohna zurückzukehren. Die dunklen Wellen des Meeres trugen das Schiff bis an die südlichen Ufer von Europa.

Gegen die Morgenstunden erreichte er das französische Königreich. Dort kaufte sich Dominik ein Pferd. Sein Weg führte ihn über München, durch die vielen Ortschaften bis hin an die östlichen Grenzen. Viele Städte wurden durch Kriege zerstört und es herrschte eine deprimierende Stimmung. In kleineren Gegenden gab es sogar Hungersnöte. Um nicht als Geistlicher aufzufallen, reiste Dominik in einer Bauerntracht.

An einem Morgen des Dezembers kam Dominik in die Großstadt, welche an die Wälder grenzte. Dort besorgte er sich zuerst etwas zu essen und fragte nebenbei etwas herum. In einer Bäckerstube wollte Dominik wissen; »*Hat einer von euch von Slohna und dessen Verbleib gehört?*«

Der Bäckermeister entgegnete; »*Dort geht keiner mehr hin! Dieser Ort ist verflucht! Noch dazu gibt es da nichts mehr!*«

Dominik fragte weiter; »*Was ist das Letzte,*

woran Ihr euch erinnern könnt?«

»Der Teufel soll dort erschienen sein! Der Leibhaftige!«, sprach der Bäckermeister.

Dominik wollte wissen; »Was habt ihr mit den Leichen gemacht?«

»Welche Leichen, mein Herr?«

»Na, die, der verstorbenen Dorfbewohner!«

»Es gab keine Leichen, mein Herr! Es wurden nie welche gefunden! Die Soldaten fanden das Dorf verlassen vor!«, erzählte der Bäckermeister.

»Da gab es einen Schankwirt! Daniel! Ist er hier entlanggekommen?«, wollte Dominik wissen.

»Hier kam niemand von denen entlang, mein Herr!«

»Ich wohnte einst in diesem Dorf und ich muss wieder da hin zurück! Wie viele gute und starke Männer könnt Ihr entbehren?«, fragte Dominik.

»Dorthin wird euch keiner folgen, mein Herr! Jeder weiß, wer Slohna betritt, kommt nicht mehr hinaus!«

»Was für ein Unsinn! Ich wohnte dort und kam auch wieder hinaus!«, empörte sich Dominik. Darauf schwieg der Bäckermeister, ehe er das Gespräch mit den Worten; »Ihr solltet dort nicht hingehen!«, beendete.

Die Nacht verbrachte Dominik in einem Gasthaus. Bei Kerzenschein las er alte

Schriftstücke, die er aus Britannien mitgebracht hatte. So nahe an diesen Wäldern kamen Schuldgefühle in ihm auf.

Am folgenden Morgen sattelte Dominik sein Pferd und ritt in die dunklen Wälder hinein. Auf seinem Weg durch diese finstere Szenerie schossen Dominik tausend Gedanken durch den Kopf. Was wäre, wenn die Dorfbewohner noch am Leben wären, dachte er sich. Er musste sich von dem selbst überzeugen. Die Antwort auf all seine Fragen befand sich zu diesem Zeitpunkt nur einen Tagesritt entfernt. Mit jeder anbrechenden Sekunde kam er dem verfluchten Ort immer näher.

Währenddessen hatten mehrere Pfarrer im Kloster ein geheimes Zimmer entdeckt. Es war nur durch den Bischofssaal zu erreichen. Ein massives und künstlerisches Schloss zierte den Eingang. Der neue Bischof gab die Anweisung sie aufzubrechen. Fünf Ordensbrüder schoben Eisenstangen in die Rillen der Tür und hievten sie quasi aus dem Türrahmen. Als sich der ganze Staub gelegt hatte, erkannte man ein sehr altes und modriges Zimmer dahinter. Verstaubte Bücher waren in einem alten Regal eingeordnet. Gegenüber davon befand sich ein dunkler Holztisch im gotischen Stil. Darauf lag ein altes, gebundenes Buch. Der Bischof schritt neugierig nach vorne und öffnete es. Schon nach wenigen Augenblicken bemerkte er, dass es sich hierbei um eine Abschrift eines anderen Buches handelte. Mit Entsetzen las er einige Zeilen aus dem Buch vor; *»Die Wiederkehr des Propheten der Finsternis! … Gott hatte Jesus! Der Teufel Nicola! … Die Gegner des Nicola werden die Sklaven der neuen Welt sein … De Cvertze di Manie!«*

»Blasphemie!«, schrie der Bischof empört. Als er sich zu seinen Ordensbrüdern umdrehen wollte, stachen diese plötzlich mit eisernen Dolchen auf ihn ein. Der Leib des Bischofs wurde regelrecht durchlöchert und sein Blut breitete sich über den Regalen und dem antiken Tisch aus. Die Ordensbrüder hängten die Tür wieder in die Angeln und verschlossen sie mit einem neuen Riegel. Sie wussten, dass ihn hier niemand suchen kommen würde, denn schließlich wusste niemand von diesem Raum. Mit seiner letzten Kraft warf der Bischof den Tisch um. Die Schriften fielen hinunter. Er lehnte sich erneut über die Sammlung, während er immer schwerer Luft bekam.

»Cvertze di Manie … Ihr habt keine Ahnung, was ihr angerichtet habt!«, sagte der Bischof, eher er mit einem letzten Atemzug verstarb.

Am folgenden Morgen preschte Dominik mit dem Pferd durch den Ortseingang nach Slohna. Mit einer hohen Geschwindigkeit ritt er den Hang hinunter in den Marktplatz hinein. Die komplette Gegend um ihn herum schien, als wäre die Zeit irgendwann stehen geblieben. Es hingen noch Kleidungsstücke an den Leinen und die Fässer waren teilweise unberührt. Als wären die Bewohner von einem Tag auf den anderen einfach verschwunden. Wenn sie alle an der Pest starben, müsste es Leichen gegeben haben, doch das war nicht der Fall gewesen. Dominik band sein Pferd an die Kirchentreppe und betrat sein ehemaliges Gotteshaus. Es war nahezu vollständig erhalten geblieben. Die Bewohner hatten die Kirche scheinbar wieder aufgebaut.

Dominik schritt skeptisch durch die Reihen des Saals. »Ich war das letzte Mal vor zwanzig Jahren hier! Wieso liegt hier kein Staub?«, fragte er sich.

Die Bänke und der Altar schienen frisch geputzt zu sein. Mit hastigen Schritten lief Dominik in sein früheres Arbeitszimmer. Er blickte über seine alten Schriftstücke und Briefe. Sein Herz füllte sich mit Erinnerungen und ihm lief eine Träne die Wange hinunter.

Als Dominik im nächsten Moment aus der Kirche kam, folgte ein Schockmoment. Sein

Pferd war verschwunden. Die Hufabdrücke im Schlamm ebenso. So langsam überkam Dominik die Angst. Mit panischen Blicken sah er durch das Dorf, doch es war zu einer Geisterstadt verkommen.

Um den möglichen Ursprung zu finden, begab sich Dominik in das Haus der unglücklichen Kinder, das zu seiner Überraschung immer noch stand. Die Steinpforte des Hauses lockte ihn förmlich hinein.

Eine Haustür war nicht mehr vorhanden und viele Fensterscheiben waren zerbrochen gewesen. Im Hausflur hielt Dominik einen Moment inne. Er atmete tief ein und aus, während er seinen Mut sammelte. Dominik hoffte, hier den Ursprung für das Grauen zu finden, welches die Ostlande seit fast zwanzig Jahren in Dunkelheit getränkt hatte.

Er ging von Zimmer zu Zimmer und hoffte eine Antwort zu finden. Egal wie schnell oder wie langsam Dominik auch lief, die morschen Holzdielen gaben keinen Ton ab. Dann stellte er sich mit dem Rücken zum Wohnzimmer. Da bemerkte er ein Angstgefühl tief in seinem Inneren. Wie ein Sensor hatte sein Körper reagiert. Etwas Gewaltiges und Monumentales wanderte von einer Wand zur anderen und kam näher zu ihm hin. Dominik schloss die Augen. Im nächsten Moment schlugen sämtliche

Fensterrahmen und Zimmertüren auf und zu. Es hallte ein großer Knall durch das gesamte Haus. Dominik konnte sich noch in eine Ecke retten, während sämtliche Inhalte des Hauses durch die Luft geschleudert wurden. Das Haus war so voller Hass und Zorn. Es schien fast so, als würde es sich gerade nur entladen müssen. Voller Schreck kroch Dominik durch die offene Haustür nach draußen und rannte vom Grundstück. Dann wurde es wieder still. Es war ein Alptraum, der nun von neuem zum Leben erwacht war. Im folgenden Moment läuteten die Kirchturmglocken. Dominik wandte seinen Blick zunächst zum Marktplatz, dann zu den Wäldern um ihn herum. *»Ihr habt auf mich gewartet! All die Jahre! Ihr wusstet, ich würde wieder kommen!«,* flüsterte Dominik vor sich hin.

Aus dem Wald drang das Heulen der Wölfe und die komplette Gegend versank in Finsternis. Dominik wusste so langsam um seine aussichtslose Situation. Mit schnellen Schritten lief er zurück in die Kirche, die sein Kommen weiterhin mit Glockenschlägen begrüßte.

Er schnappte sich seine Tasche und lief erneut in sein früheres Arbeitszimmer. Er legte sein Talar an.

»Wenn es schon das Ende sein soll, dann aber mit wehenden Fahnen!«, flüsterte er.

Plötzlich hallten Schreie aus dem Kirchsaal.
Dominik rannte vor zum Altar. Die Kirche stand
in Flammen. Die Bänke waren umgeworfen
und lagen demoliert im Saal verteilt. Die
Fenster trugen keine Scheiben mehr. Schatten
bewegten sich an den Wänden. Eine
Druckwelle schoss aus den hintersten Ecken
der Kirche und schleuderte Dominik gegen den
Altar. Kurz bevor er ohnmächtig wurde, konnte
er die Worte *»De Cvertze di Manie«* lesen.

Als er seine Augen das nächste Mal wieder
öffnete, war es wieder Morgen. Dominik konnte
für einen Moment seinen Augen nicht trauen.
Die Kirche war unversehrt. Er lief verwirrt
hinaus. Das Dorf war mit einer Substanz
bedeckt, die aussah wie grauer Schnee. Es
schneite eine Art Asche vom Himmel und
bedeckte Slohna fast vollständig. Der Himmel
war in einem giftigen blau-grün Ton gefärbt. Es
wirkte fast wie ein einsamer und gruseliger
Winterweihnachtstag in der Hölle. Wenn man
den Horror und das Geschehen vergessen
könnte, wäre es fast idyllisch gewesen.
Dominik lief etwas durch das Dorf. So
befremdlich diese Szene für ihn auch war, es
hatte etwas Friedvolles. Das Haus der
unglücklichen Kinder hatte seine Tür wieder.
Alles wirkte so, wie vor zwanzig Jahren.

Plötzlich blitzten die Bilder der vergangenen Nacht vor Dominiks Augen auf. Der feurige Schriftzug kam ihn wieder in den Sinn. Dem musste er nachgehen.

In seinem Arbeitszimmer suchte er das Buch der alten Sprachen heraus. Damit hatte er vor über zwanzig Jahren den Begriff *Nicolas-Solohnja* übersetzt. Es dauerte zwar ein wenig, aber schließlich fand er die richtige Übersetzung. Es schien, eine Botschaft zu sein.

De Cvertze die Manie … De-Die … Cvertze-Geburt … di Manie-Demonia-Dämonen

Somit ergab der Schriftzug folgende Bedeutung. *»Die Geburt der Dämonen!«*

Dominik versank in seiner Gedankenwelt und versuchte, das Alles zu enträtseln. Die Welt verdunkelte sich immer weiter vor seinen Augen. Er ging aus der Kirche und sah sich den Ascheregen an.

Plötzlich ging ihm ein Licht auf.

Mit rasendem Herzen rannte er in sein Arbeitszimmer und zog einen leeren Stapel Papier hervor. Mit einer Schreibfeder verewigte er den folgenden Text;

»Wir schreiben das neue Jahrhundert.
Es sind nun fast zwanzig Jahre vergangen, seit

dem ich Slohna verlassen hatte. Die Nachricht über den Verbleib dieser Ortschaft wurde mir eine Narbe. Eine Narbe, die ich bis an mein Lebensende tragen muss. Es war erschütternd, doch ich konnte und durfte ihnen nicht helfen. Oft fragte ich mich, ob ich sie retten hätte können. Auch wenn ich seit jeher nichts von ihnen gehört habe, hoffe ich, dass es Daniel geschafft hat. Ich hoffe, er fand sein Glück mit seiner Elisabeth.

Ich habe zu viel gelernt, um die Dinge etwas positiver betrachten zu können. Ich habe viel Leid erfahren und noch viel mehr Leid mitansehen müssen. 47 Jahre wandele ich nun auf dieser Erde und ich sehe mein baldiges Ende schon vor mir. Darum will ich dieses Wissen weitergeben. Ich möchte, dass mein Leben nicht umsonst gewesen war. Vielleicht kann ich damit Menschen helfen und etwas von all dem wiedergutmachen.

Heute schreibe ich diese Zeilen aus tiefster Trauer und ich schreibe sie mit einer Feder bei Kerzenschein. Ein Licht, welches schon bald erloschen sein wird. Danach wird alles in Finsternis versinken. Etwas anderes war das Leben nie.

Im Frühjahr vor zwanzig Jahren erreichte ich Britannien. Oft dachte ich, es sei meine Strafe gewesen, doch nun verstehe ich es und sehe die

Dinge klarer. Es war nie dazu gedacht, mich von einer Wahrheit fernzuhalten. Sie wollten mich beschützen. Deswegen schickten sie mich fort. Sie wussten, was passieren würde, wenn ich eines Tages hierher zurückkehren würde.

In der Zeit im Kloster hatte ich einen wahren Freund. Sein Name war Thomas Carpenter. Er verstarb mit 52 Jahren an einem Infekt. Dieser wollte mir unbedingt dabei helfen, die Wahrheit hinter Nicolas-Solohnja zu finden. Sollte dieses Schriftstück in die Hände seiner Verwandten geraten, hoffe ich, dass sie verstehen, wie mutig er war. Ich hoffe sie finden ihren Frieden mit alle dem, denn ich werde es vermutlich hier nicht lebend hinausschaffen.

Ich fasse hier alles zusammen, was ich durch meine Jahre an Recherche zusammensammeln konnte.

Im tiefen Winter bekommt eine Gräfin der Ostlande ein Baby. Vater unbekannt. Dieses Kind ist trotz seiner unbekannten Herkunft der rechtmäßige Thronfolger...
Doch dieses Schicksal wird ihm verwehrt. Man bringt das Kind zu Bauern, die es großziehen. Ein Adelsgeschlecht. Aufgezogen von Hirten.

Aus dem Jungen wird der General einer kleinen Streitmacht, die sich dazu entschließen, das eroberte Land selbst zu behalten. Sie wollten ein eigenes Heim für sich alle schaffen. Die Könige und Herrscher erfahren davon. Wissentlich, dass dieser Anführer der rechtmäßige Thronfolger ist, zetteln sie Kriege an um ihn zu stürzen. Doch Nicola und seine Armee zieht sich zurück.

Irgendwann verlor Nicola immer weiter an Lande und es blieb ihnen am Schluss nur eine Burg, die kurz darauf auch überrannt wird. Einhundert Jahre später taucht in der Nähe der Grenze ein finsterer Reiter auf. Er gehört zum Orden des Nicolas-Solohnja und errichtet in einer Schlucht, mitten in einem Wald, ein einzelnes Haus. Noch bevor weitere finstere Gesellen dazukommen können, besiedeln es auch schon Fachwerksmänner und Verwalter. Binnen weniger Jahre entwickelte es sich zu einer eigenständigen Ortschaft mit Lebensmitteln, Arbeitern und Familien. Doch Nicolas-Solohnja kehrten zurück und bis jetzt war mir nicht ganz klar, worum es dabei eigentlich ging.

Nicola fand während der Schlachten ein altes Manuskript. Ein Buch, geschrieben mit Blut.

Darin wurde eine finstere Zeremonie
beschrieben. Ein Ritual, welches dazu dienen
sollte, die Endzeit einzuleiten. Also legte der
Düsterfürst den ersten Stein.
In einem Buch in der Bibliothek in Britannien,
beschrieb ein Geistlicher die Geburt eines
Dämons. Er schrieb, es würde einen Schrei
geben, ähnlich wie bei einem Kind oder einem
Säugling. Eine schmerzhafte Geburt, wenn
man so will. Genau das passierte in Slohna.
Weiter hieß es in dem Buch, dass die
menschliche Seele, der Grund sei, wieso wir
auf dieser Erde wären. Ohne Seele hätten wir
keinen Platz.
Wir dachten, es wären fehlgeleitete Sünder. Es
waren jedoch nie Menschen. Sie opferten ihren
Platz, hier auf der Erde, und gaben sie dunklen
Wesen. Daher tragen sie auch die schwarzen
Roben. Es schützt sie. Es schützt ihre Aura. Es
schützt ihre Haut und hält sie versteckt.

Nicola wollte nie eine Armee, um seine Lande
zu verteidigen. Nicola wollte eine Armee, um
die ganze Welt zu vernichten. Darum ist der
Vatikan auch so verängstigt. Ich lag nicht falsch
mit meiner Annahme, dass sich die Pläne für
den jüngsten Tag geändert hätten.
Nicola wurde der Stellvertreter für den Teufel
auf Erden. Er ist der Prophet der Finsternis.

Am Tag des jüngsten Gerichts werden alle
unreinen Wesen, die auf der Erde wandeln,
sich erheben und Nicola wird zurückkehren. Er
wird ein aller letztes Mal sein Schwert ziehen
und mit einer unsterblichen Armee die
Finsternis über allen entfesseln. Der Teufel
wird sich diese Welt holen und danach ist alles
vorbei.
Das ist alles, was ich darüber berichten kann.
Ich weiß, ich werde diesen Ort nie lebend
verlassen. Also bitte. Egal, wer diesen Brief hier
findet. Gebt ihn weiter. Ich glaube, der
glücklichste Mensch auf Erden, ist der, der
sterben kann, ohne zu bedauern. Leider
bedauere ich sehr viel. Ich hoffe, dass Thomas
recht hatte und sich die Welt eines Tages zum
Besseren wendet.
Gezeichnet
Dominik Dargell«

Dominik faltete die Schriften zusammen und
steckte ihn anschließend in ein Kuvert. Diesen
legte er auf den Tisch und war gerade dabei das
Zimmer zu verlassen, als er einen seltsamen
Brief unter seinem Schreibtisch erblickte.
Achtsam hob er ihn hoch und holte das
Schriftstück heraus.
Es war von Daniel.
»Dominik, ich weiß nicht, ob du je wieder

zurückkehren wirst, aber ich hoffe, dass du diesen Brief eines Tages lesen wirst. Ich glaube, du hattest recht mit dem, was du sagtest. Es ist wohl wirklich das Beste, wenn ich dieses Dorf so schnell wie möglich verlasse. Ich habe mit Elisabeth Kontakt aufgenommen. Morgen früh treffen wir uns an der Grenze. Deswegen reite ich auch heute noch los.

Dominik, du warst damals schon immer mein bester Freund, auch wenn ich es nicht zugeben wollte. Ich weiß, wir wurden erwachsen, aber ich möchte, dass du eines weißt. Du wirst immer mein Kindheitsfreund bleiben und ich danke dir von Herzen. Solltest du eines Tages mal in die große Stadt kommen, meine Frau und ich erwarten dich herzlich bei uns. Ich muss jetzt auch schon los. Dominik, ich hoffe, auf ein baldiges wiedersehen.

Dein Bruder, Daniel!«

»*Er hat es geschafft*«, flüsterte Dominik erleichtert, während ihm Tränen die Wangen hinunterliefen. Ohne auch nur eine Sekunde zu verlieren, verbrannte er den Brief über der Kerze. Dominik wusste, dass die Dämonen kommen würden, um ihn zu holen. Den Brief sollten sie hingegen nicht finden.

Als die Flamme erlosch, machte sich Dominik

auf den Weg zur Taverne. Viel war nicht mehr übrig, doch es gab noch ungeöffnete Fässer Wein. Er entnahm etwas Gebäck aus seiner Tasche, füllte einen Krug voll Wein und setzte sich an einen der Tische. So sehr Dominik sich bemühte, sein letztes Essen zu genießen, bereitete ihn die anbrechende Abenddämmerung Kummer.

Nach dem Mahl lief er noch einmal das Lokal ab. Dabei streifte er mit seiner Hand über jeden einzelnen Holzbalken. Dieses verlassene Gebäude war ein Teil seiner Geschichte geworden. Es hingen noch die alten Gemälde an den Wänden, die an eine frühere, fast vergessene Zeit erinnerten. Dominik erinnerte sich an seine Kindheit mit Daniel. Hier in diesem Dorf hatte alles angefangen und nun würde es ebenso hier enden.

»Ich hätte dich und Elisabeth gerne besucht, Daniel!«, sagte Dominik betrübt und verließ anschließend die Taverne.

Außen hatte der Ascheregen nicht nachgelassen. Die Atmosphäre wurde trüber und der Himmel dunkler. Während Dominik durch das Dorf lief, sah er die Schatten und Geister der vergangenen 47 Jahre seines Lebens. Er sah die spielenden Kinder und die singenden Frauen. Die arbeitenden Männer und die lebensfrohen Familien. Die Häuser waren wieder bewohnt und die Wege gut belaufen. Er herrschte eine heitere Stimmung und der Bürgermeister lud zum Volksfest ein. Alles erstrahlte wieder aufs Neue und gab Dominik für einen sehr kurzen Moment ein zufriedenes Gefühl. Doch dann waren sie alle verschwunden. Kein Licht, keine Freude, keine Menschen, keine Kinder und keine Gesellschaft mehr. Nur die verlassene und einsame Landschaft eines längst vergessenen Dorfes im düsteren Schein der anbrechenden Nacht. Umhüllt von Trauer und Angst begab sich Dominik nun wieder zurück zur Kirche. Mit jedem Schritt, den er ging, bemerkte er immer mehr, dass er dort nicht mehr hinauskommen würde. So wäre dieser, der letzte Gang zum Ende und er musste ihn alleine gehen.

Am Kirchtor angekommen, blickte Dominik das letzte Mal durch das Dorf. Plötzlich färbten sich die Wälder schwarz. Es war ein Schatten, der das Dorf immer mehr einzunehmen schien.

»Sie kommen!«, flüsterte Dominik und betrat die Kirche.

Mit zitternden Knien begab er sich zur ersten Sitzbank. Er nahm Platz, blickte zum Altar hinauf und sprach ein Gebet.

Wie aus dem Nichts fingen die Kirchturmglocken von selbst an zu läuten. Mit einem ängstlichen Blick ging Dominik auf die Knie und weinte voller Reue. Währenddessen schlugen sämtliche Türen und Fenster in Slohna auf und zu. Auch das Kirchentor bewegte sich. Dominik stand auf und begab sich vor zum Altar.

Eine Druckwelle traf Slohna und alle Fenster gingen zu Bruch. Die Kirchenfenster wurden mit einer gewaltigen Kraft durch den Saal geschleudert. Obwohl sich Dominik hinter dem Altar versteckt hatte, rammten sich vier Scherben in seinen Magen und eines in das linke Bein.

Mit großer Mühe stand Dominik wieder auf und sah durch die Fensteröffnungen die Dämonen, die gerade das Dorf betraten. Allesamt mit Laternen in der Hand. Doch Dominik bemerkte schnell etwas wirklich Erschreckendes. Es waren viel zu viele. Weit mehr als nur siebzehn.

Die Ersten hatten schon den Marktplatz erreicht und doch kamen immer mehr und mehr aus den Wäldern. Dominik wurde skeptisch. Er ging zu den Fensteröffnungen der Kirche und sah hinaus. Um das gesamte Dorf herum, hatten sich Scharen von ihnen gebildet.

»Wir haben den Feind unterschätzt! ... Wir haben ihn unterschätzt!«, flüsterte Dominik,

ehe er zu Boden fiel. Sein Blut verteilte sich immer schneller auf dem Kirchboden. Dominik versuchte, nach Luft zu schnappen, doch es fiel ihm nicht leicht. Seine Augen wurden schwerer und alles verzerrte sich in seinem Sichtfeld. Plötzlich fiel das Kirchtor aus der Halterung. Durch das ständige auf und zu schlagen, hatten sich die Scharniere gelöst. Es hing gerade noch so an der Oberseite fest. Da sah Dominik seine Chance. Er sammelte seine letzten Kräfte und humpelte durch die Hintertür der Kirche hinaus in die Dunkelheit. Dominik fuchtelte mit seinen Armen und versuchte sich, vor Hindernissen zu schützen. Seine komplette Wahrnehmung hatte sich verzerrt. Mit enormem Kraftaufwand lief Dominik in das Haus der unglücklichen Kinder.
Er fiel förmlich durch den Eingangsbereich. Mit großer Mühe stieg Dominik anschließend die Treppenstufen hinauf. Er hoffte, nur so dem Ganzen entgehen zu können. Die Wälder hatten sie schon längst eingenommen und die Kirche war nun auch nicht mehr sicher gewesen. Jetzt wollte er die Strategie ändern. Er wollte in das obere Stockwerk und etwas finden, was ihn vielleicht retten konnte. Dieses Haus war ihnen immerhin viel Wert gewesen.
Während er die Treppe ins obere Stockwerk ging, fiel es ihm immer schwerer auf den

Beinen zu bleiben. Sein Bewusstseinszustand verschlechterte sich sehr schnell.

Plötzlich griff etwas nach seinem Fuß. Mit Schreck sah er hinunter. Dort stand einer der Robenträger. Dominik sammelte seine letzte Kraft und rannte die restlichen Stufen in die Dunkelheit hinauf. Es blitzten immer wieder Bilder vor seinen Augen auf. Die Treppe verlängerte sich weiter nach oben und die Sterne kamen immer näher. Dominik rannte und rannte, doch es schien kein Ende zu nehmen. Eine düstere Schattenwelt verdichtete sich immer weiter vor seinen Augen. Es war eine unendliche Reise in die absolute Unterwelt.

Dann stieß Dominik an der obersten und letzten Treppenstufe mit etwas zusammen. Dort stand eine massive, dunkle Gestalt. Die Wucht und der Schreck trafen ihn so schwer, dass er die Treppe rückwärts wieder hinunterfiel. Dabei schlug sein Kopf mehrere Male gegen die Stufen und das Geländer. An der untersten Stufe brach sich Dominik dann schließlich das Genick.

Der Schimmer der Morgendämmerung drang langsam durch die Wälder. Die ersten Sonnenstrahlen trafen auf das Dorf. Kein einzelner Stein schien bewegt oder verrückt worden zu sein. Als hätte hier niemand gelebt. Das erste Mal stand die Sonne wieder über Slohna, während sich die Tür des Hauses der unglücklichen Kinder von alleine wieder verschloss.

Epilog

Eines Tages tauchte ein finsterer Wanderer in der verlassenen Ortschaft Slohna auf. Sein Gesicht war durch eine schwarze Kapuze und ein graues Gesichtstuch gut versteckt. Er lief mit schnellen Schritten gezielt in die Taverne und verweilte dort einen kurzen Augenblick. Anschließend sprintete er in die Kirche.

Der Wanderer suchte akribisch genau die Schriftstücke durch. Zwischen vielen leeren Blättern fand er schließlich, wonach er gesucht hatte. Dominiks Abschiedsbrief.

Der Wanderer nahm das Schriftstück heraus und überflog es recht schnell.

»So ein langes Leben und du hattest noch immer keine Einsicht gehabt ... Das ist traurig, Dargell!«

Er steckte den Brief daraufhin in seine Tasche und verließ damit die Kirche wieder.

Vicle Jahrhunderte wurde es still um den Orden. Das Dorf geriet in Vergessenheit und die Furcht verschwand aus den Herzen der Menschen.

Irgendwann trafen die Welt jedoch finstere Tage. Eine dunkle Saat gedeihte über Jahre hinweg im Inneren. Sie hatte am Schluss alles vereinnahmt.
Viele bemühten sich, richtig zu handeln, jedoch half es am Ende alles nichts.
Sie entfesselten Seuchen, Leid und Hungersnöte.
Die Endzeit wurde eingeläutet und am Ende der Welt, in den Ruinen einer verfallenen Burg, nahm ein längst vergessener Schatten erneut Gestalt an.

Ende?

Nachwort

Ich hoffe, euch hat das Buch gefallen und es hat euch gut unterhalten. Natürlich bleiben Fragen offen.

Wird es einen zweiten Teil geben? - Man weiß es nicht.

Es liegt im Verborgenen, wie das Schicksal Daniels.

Ihr könnt meinem Team und mir auch auf unseren **Social-Media-Kanälen** folgen, um kein Buch mehr zu verpassen und immer auf dem neusten Stand zu bleiben.

Facebook /grisgrimwalde

Instagram /grisgrimwalde

Twitter /grisgrimwalde

TikTok /@grisgrimwalde